Michael Dahlke
Der Bienenfluch

Roman

Dr. Michael Dahlke

Der Bienenfluch

ISBN 978-3-8334-9217-4

Umschlag und Satz:
Niels Blessig

Bilder:
PixelQuelle.de

Herstellung und Verlag :
Books on Demand GmbH, Norderstedt

Das Vorwort werde ich mir schenken, weil ich mich dieses Jahr in einem Strudel der Leidenschaften, des Suchens und des Findens befunden habe. Weil ich einem Phantom hinterher jagte, das nicht zu fangen war, und ich mich einem Suchtverhalten ausgeliefert hatte, das mich an den Rand seelischer Zerrissenheit brachte.

Und das alles , weil mich meine Frau nach 24 Ehejahren einfach verlassen hat, ohne mir zu sagen, was für ein seelischer, männlicher Krüppel ich war.

Dieses ist die Geschichte einer Zeit mit den freudigen Erlebnissen und Erfahrungen beim Online- Dating, Chatten. Den Erlebnissen mit unterschiedlichsten Frauen, die wie ich, auf der Suche nach dem „einen" waren und vielleicht heute noch sind.

Ich wollte nicht alleine bleiben, ich wollte über das Internet teilhaben an dem Kuchen weiblicher Anbiederungen und Zurschaustellung. Ich wollte mich selbst prostituieren, um vielleicht so, eine Frau, einen Menschen, nicht nur fürs Bett zu finden.

Die Geschichten zeigen meine Irrungen und Wirrungen im Internet bei diversen Partnerbörsen auf.

Allesamt bauten sie nur eine Illusion in mir auf, etwas zu finden, was ich zu suchen glaubte, ohne mir Zeit zu geben, mich selbst zu finden, mich selbst anzunehmen, mich zu lieben. So geriet ich in die Fänge der Internetmafia, die dich auch dann nicht mehr loslässt, wenn du glaubst, einen Menschen gefunden zu haben, weil bei ihnen nur eines zählt, Quantität, Geld und Macht über dich.

Die menschliche Seite verlierst du ganz schnell, weil der Augenblick des Klickens eine Sucht in dir auslöst, um dich nur weiter von dir zu entfernen.

Den geneigten Leser, ob Mann oder Frau, möchte ich mitnehmen auf die Reise durch einige Monate meiner Internetsucht und Suche. Sie hatte mich solange im Griff, bis mir klar wurde, es muss auch anders gehen. Nicht suchen, sondern, sich finden lassen!

So gesehen waren die Monate meiner Internetsucht und Suche eine lehrreiche Erfahrung, um die mich mancher von euch beneiden wird, die ihr aber auch jetzt selbst machen könnt, wenn ihr euch auf die Geschichten meiner Interneterfahrungen mit dem Online - Dating einlasst.

Und dabei begann alles ganz harmlos. Es war …

Meine Ehefrau und ich hatten noch mit unserem Sohn und unserer Tochter Weihnachten in unserem Haus bei eisiger Kälte, einem Weihnachtsbaum, vielen Kerzen, Gänsebraten, Schwiegermutter und Rotwein gefeiert.

Der Kamin gab eine weihnachtliche Wärme ab, während von einer CD das Weihnachtsoratorium sich in die Ohren drängte und eine feierliche Stille in mir aufkommen ließ.

Draußen fing es an zu schneien, wie es sich gehörte. Meine Ehefrau machte den Abwasch, während ich mich mit dem neuen Computer beschäftigte, den ich mir geschenkt hatte. Mein Sohn und meine Tochter hatten sich verabschiedet, mussten wohl zu ihren Lovern, und ich hoffte noch immer, dass sie nun endlich, wie ich schon seit vielen Jahren, sesshaft werden würden, Enkelkinder zu Weihnachten machten sich immer gut, und wir würden als Oma und Opa in die Geschichten unserer Familien eingehen.

Aber, mein Sohn war wohl schwul, meine Tochter wohl lesbisch. Anders konnte ich mir nicht erklären, warum sie uns ihre jeweiligen Lover nicht vorstellen wollten.

Machte nichts, wir hatten uns, wir liebten uns, und wir wollten zusammen alt werden, hatten wir gesagt, als wir heirateten. Damals, als auch der Schnee fiel, und das Rathaus uns einsog, den Standesbeamten ob des gewollten Doppelnamens aufbegehren ließ, und uns wieder ausspuckte. So, hinaus, macht euch vom Acker, und wehe, ihr werdet nicht zusammen alt!

Die Drohung saß.

Meine Finger glitten über die Tastatur, der PC fing an zu vibrieren. Es war Musik in meinen Ohren.

Eine andere Welt umfing mich, eine Welt ohne Streit mit meiner Frau, wenn es wieder einmal um die Flecken auf meinem T-Shirt ging, oder der Hund wieder mit seinen Tapsen den Teppich vor dem Kamin eingesaut hatte. Wenn ich wieder einmal meine guten Manieren vergaß und mit dem

Messer die Tomaten aß, oder das falsche Geschirr für wichtige Gäste aufgedeckt hatte.

Wenn ich wieder mal meine Ehefrau in ihrem Schmerz nicht verstand, weil ich als Mann „zu blöd" war.

Wenn ich nicht genug in mich hineinsah, weil ich sexuell nur an mich dachte und der Erotik nach 24 Ehejahren nicht mehr die Bedeutung zumaß, die meine Ehefrau noch tief in sich spürte. Dann konnte es schon passieren, dass sie mich als Versager hinstellte, ihren Koffer danebeb und zu ihrer Mutter flüchtete. Sie kam aber immer wieder.

Es war ein herrliches Spiel und wir schwiegen uns weiter an, weil sie auch zunehmend ihrer Wege ging.

Unsere Katze hatte sich auf das Sofakissen gelegt, das meine Frau als vorweggenommenes Erbe von ihrer Mutter erhalten hatte. Gleich wird sie schreien, „Kannst du nicht aufpassen, das teure Kissen!" Und ich werde nur in mich hineinlächeln und denken „Gut gemacht Katze!"

Die Uhr im Zimmer tickte leise zum Schneefall und verträumt schrieb ich in den PC „ Meine langjährige Ehe mit meiner Ehefrau ist …"

Ich stockte mit dem Schreiben, weil meine Frau mit einem Tee, natürlich grün, ins Wohnzimmer trat, mich anblickte und fragte: „Möchtest du auch einen Tee?"

Meistens war das der Beginn einer längeren Diskussion über uns, weil die Kanne randvoll war, und ein Stövchen brannte. Es roch nach Resten der Gans aus der Küche, frischem Ingwer und grünem Tee.

Ich lehnte mich vor, verzog mein Gesicht. „Hast du etwas zu beichten?" Meine Hände lösten sich vom PC, er schien zu funktionieren.

Wir saßen uns gegenüber, wie ein altes Ehepaar, das sich seit langer Zeit wohlgesonnen ist, nahmen die Teetassen und sprachen kein Wort.

Lauschten nur dem Schnarchen des Hundes, dem Schnurren der Katze, die, als meine Frau ins Zimmer getreten war, blitzschnell in ihr Körbchen kroch.

Keiner konnte in den Garten sehen, der weiß und schweigend die Schneeflocken aufnahm und verschluckte.

Keiner sprach, aber ich spürte, wie diese Stille als rollender Donner immer näher kam, oder war es nur das Unaussprechliche der Wahrheit?

Der gleichmäßige Schlag der Wanduhr weckte Erinnerungen an heimelige Stunden mit meiner Ehefrau hier in diesem Haus, am Kamin, bei Butterkuchen, natürlich selbstgemacht und nur mit Honig gesüßt, und grünem Tee. Sie legte sehr viel wert auf solche Rituale, ich weniger, weil diese Rituale nur dazu da waren, mich auf mein umtriebiges Ego aufmerksam zu machen; wie schlecht ich doch wäre, ich könnte nicht lieben, ich sei ein saumäßiger Liebhaber, sie wäre schon seit ewigen Zeiten unten zugewachsen und hätte auch nur mit mir geschlafen, weil sie ein Kind wollte, ihr Körper würde bei meinen Berührungen frieren.

Ich sah sie an, sie war mal eine sehr hübsche Frau gewesen. Sollte sie doch froh sein, einen wie mich, der immer das Geld rechtschaffend zusammengehalten hatte, gefunden zu haben.

Und meine Schwiegermutter meinte auch zu ihr, „Einen besseren findest du nicht!" Bei diesen Worten meiner Schwiegermutter, während unserer ersten Begegnung vor 24 Jahren, wippte ihre Feder von einem Hut, den ich für das Ergebnis eines verunglückten Designer-Hut - Wettbewerbes hielt.

Eben schwiegermutterlike.

Meine Ehefrau verzog keine Miene. Ich konnte nie gut mit ihr, aber, sie mochte mich. Sollte meine Ehefrau doch zufrieden sein und mich so nehmen, wie ich war, und mich nicht als eine Projektion geheimer sexueller Wünsche behandeln.

Wann hatte ich sie, ich sah sie von der Seite an, wann hatte ich sie eigentlich das letzte Mal berührt, geschweige, mit ihr geschlafen?

Reuegefühle zogen vom Bauch ins Hirn, als ich auf ihre Falten um den Mund blickte, hatte ich dort auch schon Falten? Ich nippte an der Teetasse.

Was um alles in der Welt wird jetzt aus ihrem Mund herausgestoßen, um mich zu treffen, um mich zu durchbohren, um mich zu erniedrigen?

Ich trug sie doch auf Händen. Sie hatte ihre Frauenkreise, ihre Freundinnen, ihr Yogatraining, ihre Tennis- und Reitstunden. Sie konnte tun und lassen, was sie wollte.

Ich verlangte doch nur, dass sie mich nicht verließ, dass sie meine Wäsche bügelte, dass sie den Garten bearbeitete, die Tomaten setzte, die Bäume schnitt, dass sie der Putzfrau auf die Finger sah, und mich mit den herrlichsten Gerichten überraschte. Sie konnte wirklich gut kochen. Wenn ich so an ihr Tiramisu dachte, mir lief das Wasser im Munde zusammen.

Mein Part war, das Geld zusammenzuhalten, das Haus abzuzahlen, Schularbeiten mit den Kindern zu machen, ab und zu Lehrer verbal während der Elternsprechstunden zu prügeln, und ansonsten zwei mal im Jahr mit ihr in den Urlaub zu fahren, immer wieder Westerland, Kampen, nach der Wende waren es dann Darss / Zingst, Prerow und Usedom.

Aber immer, ohne sie zu berühren, ich wollte sie nicht vergewaltigen.

Sie aber meinte, ich hätte sie seelisch vergewaltigt, ich hätte ihr alles aufoktroyiert, ich hätte sie in ihrer Persönlichkeit eingeschränkt, dabei musste ich doch häufig für sie mitentscheiden, ohne dass ich es wollte, weil sie einfach zu langsam in ihren Entscheidungen war.

Meine Gedanken sammelten sich wieder in dem Wohnzimmer, wo meine Ehefrau mir gegenüber saß, ihren Tee, den grünen, trank und immer noch nicht das Wort an mich gerichtet hatte. Sie saß wie eine Grand Dame im Wiener Cafèhaus, hielt ihr Teeschälchen, mit beiden Händen und spitzte die Lippen, wenn sie den heißen Tee schlürfte.

Es war wie das Schmatzen eines Frosches, der eine Fliege verspeiste. Oder träumte ich?

Das Weihnachtsoratorium neigte sich dem Ende zu, die letzten Takte, Schweigen der Musik, leises Schneegeflüster. Jetzt, dachte ich, jetzt ist der Punkt.

„Ich werde dich verlassen! Den Hund und die Katze nehme ich mit!"

Kein Herzenrühren, kein Tränenfluss. Nein, gut, aus, Ende.

Meine Gedanken kreisten um das Haus, die alleinige Abzahlung, die Hypothek, den Scheidungsanwalt.

Und, woher nehme ich eine neue Frau?

„Willst du gar nicht wissen, mit wem ich dich seit einem Jahr betrüge, wer mir meine Gefühle, dass ich eine Frau bin, wiedergegeben hat, wer sich in mein Herz eingeschlichen hat?"

Ich nickte zu ihr, nahm meinen Tee, „Du willst es mir verraten?

Es klang wie eine Drohung, um die ganze Misere unserer Ehe noch einmal in Vollkommenheit breitzutreten, um alles Leid in unserer Ehe noch einmal fokussiert durch ihren Lover in mir hochkommen zu lassen.

„Erinnerst du dich an das interview mit dem selbsternannten Buddhisten über Religionen im fernen Osten, damals im Rundfunk, als wir eine Sendung über Glaubensrichtungen machten?"

Der mit dem fliehenden Kinn und der hohen Stirn, den wasserblauen Augen, in denen ich mich plötzlich verlor, und ich weiß bis heute nicht, wieso der? Seine Hände, sein Mund, seine Art zu sprechen, seine Unbeholfenheit, die alle Mutterinstinkte in mir mobilisierten?

Wir trafen uns immer nach meinem Frauenstammtisch, redeten, fühlten unsere Häute. Und, er war mir als kleiner Junge sofort ans Herz gewachsen, obwohl er zwei Köpfe größer war als ich."

Meine Hand zitterte leicht, als die Teeschale den Tisch berührte, den Tisch, der nach wie vor spiegelblank geputzt von ihrer Hand am Fenster stand.

Ihre Art, hinter mir her zu räumen und zu demonstrieren, wie nachlässig und unachtsam ich mit Menschen und Sachen umging.

Sie meinte mich, sie sprach von sich, wenn sie demonstrativ den Rasen schnitt, auf dem ich im Liegestuhl lag und las.

War er als Mann pflegeleichter als ich? Besser als ich? Trug er Designerklamotten statt alter Jeans, war sein Kleiderschrank prall gefüllt mit gestärkten Oberhemden? Ich erinnerte mich an einen in weiß gekleideten älteren Herrn mit einem Oberlippenbärtchen, der sehr viel Wert auf seine Erfahrungen mit dem Ashram in Indien legte. Mit einer Zahnbürste die Toiletten reinigen, um dann neben dem Meister sitzen zu dürfen, seinen Rolls - Royce zu fahren.

„Spinner", dachte ich damals, aber interessant war es zu erfahren, welchen komischen Lebensweg einer wie er gehen konnte und wollte, um weise zu werden.

„Und, wie geht's weiter?", fragte ich in die weihnachtliche Stille, „Wie wollen wir die Trennung vollziehen, wer bekommt was, wer wohnt weiter im Haus?"

Und ich hörte mich sagen „Ich ziehe nicht aus, wenn einer auszieht, bist du es!"

Meine Stimme wurde spitz und unnachgiebig.

„Du hasst mich innerlich, und du wirst mich äußerlich verlassen."

Sie zuckte nur mit der Schulter.

„Ich fahre für ein paar Tage nach München, um Abstand zu gewinnen. Ich will auch nicht mit dir diskutieren, wieso, weshalb, warum! Ich möchte dich nur bitten, bis Ende Januar das Haus verlassen zu haben."

„Ich finde es gut, dass du nicht deinen Koffer genommen und nur auf den Anrufbeantworter gesprochen hast."

„Schatz, ich habe dich verlassen, weil du im Bett eine Niete warst, die Pornosammlung kannst du behalten, den Tisch habe ich nicht mehr abgeräumt, wie 24 Jahre lang, und mein neuer Freund lässt dich grüßen!"

Das Oratorium war zu Ende. Der Tee war kalt. Der Schnee war liegen geblieben und wir schwiegen uns an.

Alles war gesagt.

Es sind immer die Feiertage, an denen sich Mann und Frau auf den Geist gehen, an denen sie sich Wahrheiten sagen, die nur im Verborgenen des Alltags blühen, wie in mittelmäßigen Filmen. In welchem Film durfte ich Platz nehmen?

Meine Finger glitten über den neuen PC, stießen auf die Tastatur und ich schrieb: - wo zum Teufel soll ich so schnell eine andere Frau herbekommen? Eine Antwort erhielt ich nicht sofort.

Januar

Es war immer noch dunkel, als mein bester Freund sich zu mir verirrte, den Stuhl in meiner fast leeren Wohnung aus der Küche ins Wohnzimmer schob, sein Notebook aufklappte, und auf seinem Schoss mit der Tastatur zu klimpern begann.

Ich lag auf einer Latexmatratze, die aus unserem gemeinsamen Ehebett stammte, im Wohnzimmer. Keine Gardine verdeckte den Nachthimmel und die Januarkälte. Eine leere Glühbirne brannte an der Zimmerdecke.

Er drückte das Licht aus, zündete eine Kerze an und verbreitete Heimeligkeit.

Es war nicht viel, was meine Frau mir gelassen hatte, weil auch sie meinte, alle Schuld sitzt im Schwanz des Mannes, basta!

Um mich herum standen leere Bierflaschen. Aber, das Zimmer war warm und ich hatte noch meine Bettdecke. Alles, bis auf einen Teppich, Matratze, Sofa, meine Pornosammlung und einige persönliche Dinge des Lebens hatte sie mitgenommen.

Ich wollte auch nichts Gemeinsames mehr, wollte nur in Ruhe sterben, mich vollaufen lassen und in die Glotze gucken. Kabelanschluss vorhanden.

Wenn ich morgens im Dunkeln zur Arbeit stolperte, weil wieder einmal nicht vor dem Haus der Schnee gefegt war. Ich mich im Büro über Kolonnen von Zahlen versicherbarer Menschen hermachte, vergaß ich den Schmerz und die Lust, alleine, Single zu sein.

Nur wenn ich abends wieder auf meine Latexmatratze kroch, wurde mir bewusst; keine warme Hand, kein Blick, kein Lächeln, keine Ansprache.

„Quatsch, wir werden dir eine neue Frau besorgen, pass auf, es laufen so viele Singles in Deutschland rum, Männlein und Weiblein, mindestens zwölf Millionen, und da ist auch eine für dich dabei." Er gab seinem Lappi Befehle und plötzlich fragte er mich nach Alter, Größe, Haarfarbe, „Was suchst du?" Ein Klick und eine Anzahl von bunten, verführerischen Passfotos, Posenfotos, natürlich Frauen, rutschten über den Bildschirm und versandeten im nirgendwo.

Er rückte seinen Stuhl so, dass ich mitsehen konnte. Eintauchen konnte in eine Welt, die voller lächelnder, fraulicher Gesichter war. Alle Nasenformen, weibliche Schminktechniken und Verführungskünste. Viele blond, braun, rot, langbeinig, hochbusig.

Ich sah sie alle auf dem Schirm und begriff diese Bilder als Rettungsanker, nicht verlassen zu werden.

Neuanfang. Hoffnung für mich?!

„Hier, diese, ganz in deiner Nähe, Angestellte, 1 Kind, Abitur, sucht noch einmal nach Schmetterlingen im Bauch. Und diese, möchte nur noch gemeinsam durchs Leben gehen, nicht mehr alleine am Morgen aufwachen!" Die Kerze flackerte leicht, als ich hinter ihm stand und mir die Galerie der Eitelkeiten weiblicher Unvernunft auf dem Bildschirm durch mein Hirn jagte.

„Und, wir haben viele Möglichkeiten, viele Dating- Börsen, viele Partnervermittlungen, viele Chaträume. Du wirst sehen, es macht unheimlichen Spaß, und wer weiß, vielleicht findest auch du so eine Frau fürs Leben? Was meinst du, wie viele Männer und Frauen nachts auf ihren Computer eindreschen, um den Traummann oder die Traumfrau zu finden?"

Ich holte uns noch ein Bier aus dem Eisschrank, setzte mich neben ihn und begriff dieses Drücken auf der Tastatur als Spiel mit einem Medium, das mir bisher fremd, abstoßend und unwirklich erschien.

Frauen traf ich bisher am Arbeitsplatz, in der Bar oder beim Joggen, wenn der Wind nicht besonders stürmisch pfiff. Anmachen war auch nicht das Problem für mich, weil ich witzig, intelligent, gutaussehend, unterhaltsam und redegewandt war und mich auch auf den Feldern der Kommunikation ganz gut auskannte.

Frauen waren für mich einerseits Muttersuche und Gefühlsverständnis, Hautkontakt und Oralverkehr, andererseits

Frühstücksei und Sektempfang. Und meine Frau, die mit ihrem Buddhisten mich hat sitzen lassen, war Hebamme, Babysitter, Krankenschwester und Beischläferin, bis zu dem Tag, als wir nicht mehr miteinander schliefen, weil sie zu sich selbst finden wollte.

Bis zu dem Tage, an dem sie nur noch veganes Frühstück mit Wassermarmelade zu sich nahm.

Die Welt der Frauen war für mich eine Welt ohne Männer. Und nun sah ich Tausende auf dem Bildschirm zum Runterklicken und Wegklicken. Phantasien ließen sich aufbauen und dann brauchte ich nur noch zu kontaktieren? Und wie sie mit welchen Mitteln an dein Geld wollen? Du brauchst dich nur anonym einzuklicken, Benutzername, Passwort, Bankverbindung und schon hast du sie alle. Die wie du, auf der Suche nach etwas Wärme, Liebe, Hautkontakt und Vertrauen sind.

Die wie du, sich eingestehen, Alleinsein ist doof. Die wie du, das Bett mit dir teilen möchten, auch wenn am nächsten Morgen, die Hängebrust, der Mundgeruch, das halbe Gebiss im Ausguss nicht gerade einladend zum Frühstück wirken würden. Doch, sie suchten und suchen alle.

Mein Freund führte mich durch verschiedene Portale der Internetsuche zum großen Glück der Zweisamkeit. Riet ab, riet zu, klappte auf, verband sich mit Portalen, zeigte Vor- und Nachteile und blieb an einigen für mich ausgesuchten Portalen hängen.

„So, die kannst du erst einmal ausprobieren, die kosten nichts und sind userleicht zu bedienen."

Aber, mein Innerstes sträubte sich noch, Frauen übers Internet? Die Traumfrau übers Internet? Wenn er mir alles zeigte, wieso hatte er noch keine gefunden?

Das fünfte Bier zischte ganz anständig und wir suchten nach einem Profil für mich, tippten es ein, fertig. Im Netz.

„Du musst auch ein Bild von dir ins Internet stellen, dass die Frauen dich anklicken und sehen können. Dass die gleich merken, was für ein toller Typ du bist. Kein Langweiler, ein hochgewachsener Mann, kleiner Schnauzer, fröhliches, gewinnendes Lächeln auf den Lippen. Profil ist wichtig. Eingangsspruch ist wichtig! Was willst du? Ist wichtig! Und, es muss ernsthaft und seriös klingen.

Da muss der italienische Schmelz eines Rocco Granada bei den Frauen im Hirn eine Explosion auslösen. Müssen Frühlingsgefühle und leichte Sommerzweisamkeit sich verbreiten und ein dumpfes Gefühl von Familie sich in den Hirnwindungen der weiblichen Aspiranten eingraben. Nur du bist der Richtige für sie.

„Der Einzige, an dem sie ihre Projektionen abarbeiten können."

Wir bastelten den Abend über an meinem Profil für verschiedene Portale in verschiedenen Dating Börsen, und erst als das zehnte Bier unsere Finger vom Schreiben auf weißem Papier, das nun auf dem Fußboden wie intelligente Gedankenbrühe floss, zum Weinen brachte, waren wir zufrieden.

Er hatte mich überzeugt. Die richtige Profilierung. Der richtige obergeile Spruch. Die richtige Telefonnummer und E-Mail-Adresse. Und dann das erste richtige Treffen mit einer der Traumfrauen, die vor meinem Auge auf langen Perlenschnüren sich vor mir türmten und nur darauf warteten, von mir gepflückt zu werden.

Internetanmache, Internetdating, Internetsex?

„Du kannst auf dem Sofa schlafen"

„Morgen machen wir ein Bild von dir, Halbtotale mit Hund, und Grün im Hintergrund, und dann ab in dein Profil."

Er nahm sich eine Decke, die er im Kleiderschrank fand, legte sich aufs Sofa und schlief sofort ein, während ich zurückblieb aus einer Mischung von verletztem Stolz, mich gerade diesem Medium anvertraut zu haben. Mich hineinzubegeben in die Anonymität des Netzes und der Unberechenbarkeit menschlicher Gefühle. Falschheit, Unehrlichkeit, Lug und Betrug im Namen der Suche nach Liebe?

Aber, was hatte ich bisher gemacht? Ich wälzte mich unruhig, karussellfahrend, leicht vor dem Kotzen stehend auf meiner Latexmatratze. Wieso ließ ich mich so gehen, dass es mit mir keine Frau aushalten würde? Mit mir zusammen in einer Wohnung? Keine einzige Blume, keinen Benjamini Baum, keine Tischdecken, keine Einmachgläser, keine Katzen, keinen Hund, keine Kochtöpfe mit Sandwichboden.

Vor meinem geistigen Auge tauchten die Bilder von unwirklich, wirklichen Frauen auf, die alle nur darauf warteten, von mir entdeckt zu werden. Die Quantität erhöhte sich von nun an für mich ins Unendliche, die Qualität würde sich beim ersten Treffen ergeben? Vielleicht?

Und während ich in meinem Geiste die Dates sortierte, der Schnee leise gegen das Fenster klopfte, mein Freund beruhigt auf dem Sofa schlief, seinen Hund und die Katze nicht vermisste, machte sich ein saugutes Gefühl in meiner Magengegend breit.

Endlich konnte ich wieder etwas für meine kleine Psyche tun. Es verhinderte ein frühzeitiges Kotzen.

Wer weiß?

Ikea und Parship, Karstadt und Elite Partner, Shell und Dating- Match, Bertelsmann und Dating- Cafe. Alle wollten nur mein Bestes, davon war ich nun überzeugt.

Februar

Draußen wehte mir ein kalter Wind ins Gesicht, während mein Wagen nicht ansprang. Ich hetzte die Stufen zu meiner Wohnung hinauf, schloss die Tür auf und ließ mich vor meinem PC in den Stuhl fallen. Eine Frau übers Internet suchen und finden? Gab es das?

Ich wollte es nun wissen. Wollte mit aller Gewalt meinem Single – Dasein ein Ende bereiten. Wollte wieder die Zweisamkeit mit allen Sinnen fühlen, schmecken, riechen und sie berühren, wie einen kostbaren Ring an meinem Finger.

Eine Frau, blond, blauäugig, schlank, 10 -15 Jahre jünger, da ich schon auf die 50 zuging, mit Hang zum Experimentellen, reisen natürlich und tierlieb sollte sie sein.

Ach, da war sie in meinem Hirn angekommen. Ja, so sollte sie sein. Und die wollte ich jetzt im Netz finden. Wollte durch die Vielzahl von Frauenprofilen zu einer gelangen. Wollte das Schicksal nicht nur auf Salsa – Tanzabende und Bartreffen mit ungewissem Ausgang beschränken.

Ein Gefühl von Optimismus, wohliger Bierwärme und Frühlingserwachen zog durch mein Hirn. Ich wollte sie suchen und finden.

Hier nun waren aber erst einmal Angaben zu machen. Und, einen seriösen Dating – Anbieter hatte mir mein Freund empfohlen. Einloggen, anmelden, Pseudonym, Passwort, und schon konnte es losgehen.

Ach, ja, ein Profil sollte ich auch erstellen und eingeben. Und meine Suchdaten. Nach Alter, nach Umkreis, nach Haarfarbe, nach Größe, nach Gewicht? Ich war verwirrt.

Welche Kriterien waren nun für mich wichtig? Ich hatte mir bisher noch niemals Gedanken über die Suche wie in einem Warenkatalog gemacht.

Online – Dating per Otto-Versand! Allemal besser, als jetzt abends in einer Bar rumzulungern. Mit müdem Hundeblick, der jeder Frau sagen musste, „Vorsicht, auf der Jagd, tut nur harmlos!"

Und nun zu mir: Mein Alter, Größe, Titel, Land, Region, Familienstand, Kinder, Davon im eigenen Haushalt lebend, Raucher, Haustiere, Beruf, Freizeit/ Hobbys, Interessen, Sportliche Aktivitäten, Musikgeschmack, usw. Mein Gott, was die alles wissen wollten! Aber, sagte ich die Wahrheit, oder schwindelte ich ein wenig?

Etwas Sport, vielleicht Wandern, und wenn ich sie dann treffe und sie wollte mit mir ins Gebirge? Oder lieber Walken? Nachher wollte sie mit mir jeden Morgen nach dem Frühstück in die Walachei zum Walken, diesem gleichschrittigen, kopfhörerbewehrten Unterfangen. Früh am Morgen im Nebel? Welche Musik mochte ich? Bach, Mozart, Rimskikorsakow, Gershwin? Und sie liebte vielleicht Heino? Hatte ich Haustiere? Hatte sie eine Tierallergie? Rauchte Sie? Ich nicht! Kriegte schon vom Zusehen eine geschwollene Nase.

Gab ich nun zu, dass ich getrennt lebte und mich mit meiner Ex gut verstand? Oder hatte sie ein Problem damit, dass mein Sohn und meine Tochter schwul waren?

Ich haderte mit den Fragen und beantwortete sie nach Gefühl. Ich wollte es einfach wissen. Und dann noch Fragen wie „Ein Tag ist für mich perfekt, wenn ...", „Ich reagiere allergisch auf ...".

Meine Frau hatte mich wegen eines Buddhisten verlassen, reagiere ich jetzt allergisch auf alles, was nach Achtsamkeit und Gewahrsein strebt?

Was meine Partnerin über mich wissen sollte…

Alles oder Nichts? Mein Kaffee wurde kalt bei diesen Fragen und ihrer Beantwortung. Wieso sollte ich denn alles verraten? Sollten sich doch die Frauen anstrengen, es herauszufinden. Meine Ex hatte immerhin 24 Jahre gebraucht.

So, nun glaubte ich, an alles gedacht zu haben, für das große Abenteuer „Frauensuche im Internet".

Es fehlte nur noch ein aussagekräftiges, jungwirkendes Foto. Möglichst mit Hund oder ich am Klavier. Kommt bei Frauen immer gut an. Katzen wirken auch nicht so fotogen. Und mein Wellensittich war schon in meiner Jugend sehr abständig beim Fotografieren. Mein Foto mit Hund von meinem Freund unter einem Baum wurde hochgeladen, ganz einfach.

Welches Motto wollte ich als Begrüßung für die Damenwelt eingeben? Philosophisches natürlich. „Suche nach dem Stein der Weisen", zu überheblich? „Wasser zerstört den Stein?" oder „Carpe Diem?". Ich grübelte, bis ich den Mix aus den Gedankensprüchen fand.

„Carpe diem, weil Wasser auch den Stein der Weisen überleben wird."

Mein Profil mit dem Eingangsspruch und dem Photo. Jetzt mussten nur noch die Frauen in Erscheinung treten. Auf ein Konto sollte ich zahlen, dann würde ich freigeschaltet und könnte Kontakte herstellen. Dann würde einem Treffen mit meiner Traumfrau nichts mehr im Wege stehen. Die Schmetterlinge im Bauch würden fliegen und anfangen zu tanzen. Und mein Konto um einige Euros leichter sein.

Ich würde endlich nicht mehr alleine meinen Kaffee trinken müssen. Mein kalter Kaffee schmeckte nach kaltem Kaffee. Ich goss ihn weg, setzte mich meinem PC gegenüber und wartete, was nun passieren würde. Ich studierte meine Glücksplattformen der Frauenfindesuche und machte mich mit den verschiedenen Klicks und Tricks vertraut. Singlereisen, Singleessen, Speed - Single- Dates und Singleevents wurden angeboten.

Fragen und Antworten zu Einsamkeitsgefühlssituationen per Online- Hilfe gab es. Und nicht zu vergessen, die Erfolgs - Story, die ich mir unter die Haut schob, um festzustellen; alle hier hatten irgendwie den gleichen Tick mit dem Klick. Alle waren auf der Suche nach dem Einen oder der Einen. Wieso nicht? Ich doch auch. Und im Single – Börsenvergleich schnitt meine Börse besonders benutzerfreundlich ab.

Allerdings wurde sie auch von 10 Zeitungen gesponsert mit Links direkt auf diese Zeitungen, die ich aber als Abo nicht brauchte.

Hier war eine Schnellsuchmaske, in die ich jetzt meine

Wünsche eingeben konnte. Ich suchte eine Frau, Alter zwischen 35 und 50, in meiner Umgebung. Kinder, egal? Ich stockte, wollte ich dieses Erziehungs- und Bildungstheater noch einmal? Lieber nicht, keine Kinder mehr. Raucher, nein.

Und jetzt?

Hier konnte ich also chatten, keine Ahnung, wie das geht! Ach, hier, eine Anleitung, zum Chatten. Einladen und warten, und wie lange?

Mein Kaffee wurde noch kälter. Und hier konnte ich endlich die zu mir passenden Partnerinnen ansehen, Profile studieren. Passigkeit mit meinen Vorstellungen überprüfen. Bilder mit meiner Traumfrau im Kopf vergleichen.

Größe, Alter, Geschlecht und Kochkunst. Unter den Bildern waren Angaben über das Seelenleben von Singles zu lesen. Frauen und Männer, wie ich, auf der Jagd. Ein Wunder der Liebe an sich zu erleben und wieder aus dem Internet in eine Zweisamkeit zu flüchten. Den Bauernhof mit dem oder der Geliebten zu beackern. Die Sonnenblumen und den Mondaufgang in einem Kotten in der Bretagne gemeinsam anbeten, oder auch malen und besingen.

Und was las ich hier?

"Ich, lebensfrohe Frau, die Spaß und Erfolg im Beruf hat und die lange Spaziergänge mit ihrem Papagei genießt. Es mangelt nicht an guten Freunden, aber diese können keine Partnerschaft ersetzen. Ein männliches Wesen ist für mich interessant, wenn es gebildet und kommunikativ und humorvoll ist. Auf sein Äußeres sollte er Wert legen und Freude an einem gemütlichen Zuhause und verzierten Tischdecken haben. Uninteressant ist ein Mann, der seine üblen Launen vor sich hinschiebt und so tut, als hätte das alles nur mit mir zu tun. Schmetterlinge im Bauch möchte ich spüren, verreisen in den sonnigen Süden und dich in meinen Armen halten und streicheln. Zärtlichkeit ist mir wichtig und gelebte Sexualität mit erotischer Ausstrahlung eine Voraussetzung einer Partnerschaft."

Mein Herz stockte. Das war es! Sie war es! Ich sah mir das Bild genauer an, 171, 79 kg, wohlverteilt. War das nicht ein bisschen sehr viel Weiblichkeit, um mich zu erdrücken. Und auf dem Bild war auch nur Wuschelhaar und kein Gesicht zu erkennen. Absicht oder Nachlässigkeit? Mein Rücken begann zu schmerzen, ob der vielen Damen, die ich nun an mir vorbeiziehen lassen konnte, prüfen konnte.

Einscannen, vergleichen, updaten, abgleichen. Mein Hirn arbeitete auf Hochtouren. Draußen schimmerte vom Dach der letzte Schnee zu mir herüber. Ich saß im Warmen und konnte mit den Damenbildern in meinem Hirn, mit meinen Träumen von einer Frau, kommunizieren und reden.

Konnte ablehnen, wegklicken, ansehen, Bild hochladen, vergrößern, verkleinern, ausdrucken.

Alles mit einem Klick, um dann festzustellen, sie hatte eine zu kurze Nase, das Kinn floh, die Augen zu groß, das Haar zu wirr, die Schultern hingen rüber, und wieder kein Ganzkörperfoto? Welche Abgründe von Speck verbargen sich denn in der weiten Hose? Getürkte Bilder? War sie das, die sich dort ausgab als Heidi, Rosemarie, Marlies? Und was schrieb sie in ihrem Profil, das mich doch mit mehr Fragen als Antworten zurückließ?

Heidi. Größe 170, Land Deutschland, Region Saarland, Familienstand getrennt lebend, Kinder: eins, davon im eigenen Haushalt lebend: eins. Sie raucht und trinkt nicht. Als Haustiere hält sie einen Zwergpinscher In der Freizeit: Lesen, Ausgehen/Freunde treffen und ins Kino/Theater gehen. Interessen : Kino, Literatur, Musik, Kunst, Theater und Sport: Volleyball, Schwimmen, Skifahren, Wandern/Trekking, Fahrradfahren, und Bowling/Kegeln. Musik: Symphoniekonzerte, Musicals/Operetten, Opern, Chansons/Lieder, Jazz und Rock/Pop.

Ein Tag ist für mich perfekt, wenn ich das Gefühl habe, alles und nichts geschafft zu haben und dabei genug Zeit für meine Kinder, und für mich gehabt zu haben. Dinge, die für mich wichtig sind: die Liebe meines Hundes, die Begegnung mit anderen Menschen, gute Gespräche mit dem Abwasch, Zuverlässigkeit, Humor.

Fünf Worte, um mein Äußeres zu beschreiben: sportlich, groß, rötlich-braune Haare, jünger aussehend, Idealgewicht, blond, attraktiv, gute Figur.

Ein Ort, an dem ich mich besonders wohlfühle: eigentlich überall dort, wo es was zu essen gibt.

Sachen, von denen ich mich nie trennen könnte: Boxershorts und Bücher, aber tatsächlich würde ich mich nie von der Vorstellung trennen, dass die Liebe das Wichtigste zwischen den Menschen ist und von meinem Optimismus.

Wenn ich nichts zu tun habe, mache ich Folgendes: eigentlich habe ich immer etwas zu tun. Und wenn nicht, ist auch gut.

„Ich wünschte, ich könnte: mir meinen Traum erfüllen.

Ich träume davon, dass jemand mich gebrauche könnte, meine warme Haut, meine Zuneigung, meine Zärtlichkeit.

Ich träume davon, dass jemand mich annähme, einfach so wie ich bin, mit ungereimten Wünschen, unfertigem Charakter und alten Ängsten.

Ich träume davon, dass jemand mich gelten lässt, ohne mich zu erziehen, mit mir übereinstimmt, ohne sich anzustrengen. Ich träume davon, dass ich mich nicht verteidigen muss, nicht erklären und nicht kämpfen muss, dass einer mich liebt" (Hao Hebbinghaus)

Meine Augen begannen zu tränen, ob soviel Poesie und Weichheit, soviel Emotionen gepaart mit weiblicher Kraft, sich als die, eine, meine Traumfrau darzustellen. Und nun musste ich nur noch antworten mit einem Text, der alle andere Mitbewerber in die Flucht schlagen würde. Dann konnte ich nur auf eine Antwort hoffen und eine Telefonnummer, und schon hatte ich sie, meine Traumfrau. Internet Dating ist einfach geil!

März

Die Sonne schien auf meinen PC und verdeckte so die Sicht auf die vielen Posteingänge. Anfragen, Datingwünsche, Bilder, die ich alle noch speichern und sortieren wollte. Meine Internet Dating Suche hatte es mit sich gebracht, dass ich meine Kriterien, nach denen ich eine Frau suchte, immer wieder verändern musste.

Entweder waren sie nur hässlich, oder zu hübsch, oder zu vollschlank. Oder Twiggi ließ grüßen, zu groß oder zu klein. Entweder in meiner Nähe, oder zu fern. Was suchte ich eigentlich? Mein Kaffee stand neben dem PC und dampfte vor sich hin, während mein Hirn sich auf die Suche nach Kriterien machte. Das Angebot an Frauen in meiner Nähe, mit gleichen oder ähnlichen Eigenschaften, Wünschen, Verwirrungen und Ängsten vor Bindung war so groß, dass ich einen Schutzfilter in Form von Kriterien einbauen musste, um nicht ins Trudeln und Abstürzen zu geraten.

Was wollte ich hier, was erhoffte ich von einem Bild, das mich auf meinem PC anstarrte und in mir ein Gefühl von Frühling, Gliedsteife, Muttersuche und Vergangenheitsfrau aufkommen ließ?

Das könnte zu mir passen, 174, 68 kg, Entfernung 79 km, Hundbesitzerin, und war auf der Suche nach einem Goldlockengel, an dessen Schultern sie sich ausweinen könnte, Beruf hatte sie auch und Kinder?

Kinder aus dem Haus. Gott sei Dank! Tanzen, lachen, reisen, bergsteigen und vom Himalaja rutschen wollte sie auch.

Also, passig. Ich zoomte das Bild näher ran, sehr viele Falten, und mit den Zähnen stimmte etwas nicht, oder war der Sonnenstrahl Schuld?

Sie suchte einen Mann, der mit sich selbst im Reinen war. Ich nahm meinen Kaffeebecher und schluckte, atmete durch. War ich im Reinen, hatte ich nicht nach dem Auszug meiner Ex in den Wald meine Wut hinein geschrien, hatte mich vollaufen lassen und gotteslästerliche Flüche gegen alle Buddhisten dieser Welt losgelassen.

Und ging es mir hinterher besser? Ich, ein gestandener, verlassen gewordener Single - Mann, der seinen Marktwert über das Internet testen wollte.

Oder doch nur ein beziehungsunfähiges Männerbaby, das von seiner Mama vor die Tür gesetzt worden war, um laufen zu lernen?

Meine Ex und ich waren immer die Jahre getrennte Wege gegangen. Würde sich das bei einer anderen Frau ändern? Würde ich Gemeinsamkeit der Einsamkeit, dem Jägertum, vorziehen?

Ich hatte gelernt, meine Sachen alleine zu waschen, meine Putzfrau kam zweimal die Woche, mein Gärtner übernahm die Arbeiten meiner Frau, und alles andere machte ich selbst. Ab und zu die verzweifelte Sehnsucht nach einem warmen, dampfenden Körper, fraulich nach Schweiß duftend und sich nach mir verzehrend.

Leichte Berührungen im hier und jetzt und eine unheimlich geile Vögelei. Liebe, was war das für mich? Nur die gemeinsam verbrachte Bettnacht und das nachfolgende Frühstück? Draußen, auf dem vor dem Fenster wachsenden Kirschbaum, in einem Ast, saß eine Katze und lugte mich an. Katze, lass mir die Vögel in Ruhe, wo kommst du her, wo willst du hin?

Sie lag und ließ sich die ersten Strahlen der wärmenden Sonne auf das Fell brennen. Ein Bild mit einem Tier hatte so etwas anziehendes, gemütliches, Häusliches.

Auch wenn es nicht mein Hund war in meinem Profil, zeigte ich mich als tierlieb und verständnisvoll, umweltverbunden und alternativ. Mitleid mit der Kreatur, Bilder senden Signale, setzen Gefühle auf die Bahn, ohne dass wir sie verhindern können. Oder nehmen wir Katzen. Gemütlichkeit, ankuscheln, Fellstreicheln, Schnurren und Fellstreicheln. Freiheitsdrang auf den Kirschbaum, ab in die Sonne.

Quatsch, ehrlich bleiben, die meisten Daterinnen im Netz

sind ehrlich und würden sofort merken, dass ich es auch ehrlich meine. Bliebe die Frage, wozu sollte ich ehrlich sein, wenn ich doch nicht viel zu bieten hatte?

Alles oder Nichts? Studiert, im Berufsleben stehend, groß, schlank, Bartträger, Intellektueller, Sartre Verehrer und politisch Versierter, nicht zu schwer, nicht zu leicht, mit Lachfalten versehen und voller Sympathie für das weibliche Geschlecht. Und, ich wollte nicht alleine weiter durchs Leben gehen.

Wollte endlich wieder den warmen, weichen Atem neben mir spüren, von einer Frau, die am Abend vorher mit mir auf einer Party noch Salsa tanzte und mich mit zu sich nach Hause nahm und wir nun vor der Frage standen, wer benutzt zuerst das Badezimmer und übertönt mit dem Wasserstrahl das eigene Pinkeln.

Man wollte nur den besten Eindruck hinterlassen.

Ihre Figur war betont lässig und weiblich, ein hübsches Gesicht nach Bauernart. Sie tanzte gut, schmiegte sich an und konnte Rilke zitieren. „Gewonnen!", dachte ich auf der Party, die keine war. Zu laute Musik, keine Gespräche, Lärm als Gespräch.

Die Katze saß weiter unbeweglich auf dem Ast, meine Hände stellten über meine Finger ein weiteres Bild von mir in mein Profil ein, mit dem ich meiner Meinung nach alle Herzen dieser Damenwelt höher schlagen lassen musste, meine Sonnenbrille gab nicht zu viel von meiner großen Nase preis, und der Apfelbaum in Blüte signalisierte Lebensfreude und Hoffnung. Jetzt sollten sie Sturm laufen, mich andaten, mit mir chatten. Ich war bereit, mich auf das Abenteuer Online- Dating einzulassen. War bereit, mich finden zu lassen und selbst auf Pirsch nach der unentdeckten Hirschkuh zu gehen.

Die Katze dehnte und streckte sich, krallte sich am Ast fest, schärfte ihre Krallen und stieg langsam wieder in die Tiefe des Gartens, wo sie in einem undurchdringbaren Gebüsch verschwand.

April

Die Schneeschmelze hatte begonnen, und die ersten Sonnenstrahlen berührten meinen Arm, der lässig neben der Tastatur meines PCs lag.

Meine Gedanken hielten sich fest an dem Bild einer Frau auf meinem Monitor, die aus hellblauen Augen mir einen guten Morgen zulächelte, und mich auf Armen wog, die leicht und luftig durch den blauen Himmel schoben.

Dieser Blick verwirrte mich und flüsterte mir ein „Klick mich nicht weg, date mit mir.

Ich will dich! Nimm mich in deine starken Arme, ich gebe dir alles, was du begehrst."

Die Katze, gelblich – rot gestreift, schlich durch den von leichtem Schnee benetzten Garten, eine Spur ihres Körpers hinterlassend.

Meine Antwort schrieb ich mit flinker Hand, dem Traum einer reifen, bereiten Frau folgend.

„Liebe Unbekannte, hier bin ich nun, und hoffe auf Antwort, weil der Blick aus deinen Augen mich zu einem Brief verführt, der mir sonst nie eingefallen wäre.

Unsere Sehnsüchte sind unsere Möglichkeiten. Die Liebe ist das Schönste, was wir entdecken können. Gibt es dich? Meinen Traum? Was ist Liebe? Eine Hütte, die wir gemeinsam bauen?

Ein Lebenszeichen von dir würde meinen Herzschlag ruhiger stellen.

Der Brief schien mir gelungen, ein Blick auf die Rechtschreibung, und abgeschickt an Cleopatra.

Während Yentl1 und Pommy2 einen etwas abgewandelten Brief erhielten, individuell und aus dem Gefühl an Hand ihrer Bilder geschrieben.

Die Bilder der Frauen lösten bei mir Euphorie und Glückshormone aus, weil sie mit der Sehnsuchtssituation hier vor meinem PC korrespondierten. Der Schrei nach einer weiblichen Stimme und weiblicher Haut.

Die Angebote auf meine Suche hin waren überraschend. Viel und zahlreich, nett anzusehen und nichtpassig, vom Alter und der Entfernung her annehmbar, da ich ein Auto besaß und mobil war.

Sollte sie Geld haben, oder Arge – Empfänger sein? Ein Haus besitzen oder nur zur Miete wohnen? Kinder haben oder nur mit Tieren sich vergnügen?

Jetzt hatte ich schon mal ein Postfach, meine Angaben mit einem Bild versehen, meine Suchkriterien waren deutlich formuliert und mein Computer konnte jetzt in dem riesigen Angebot sehr vieler Frauen, mehr als Männer, stöbern und mir die richtige Partnerin liefern, so wie auf einem Sklavenmarkt?

Waren es die Entfernungen oder die Postleitzahlen, das Alter oder die Größe, die Farbe der Augen, getrennt lebend, Kinder?

Alles konnte angeklickt, weggeklickt, verrückt und wieder gewonnen werden. Unbestechlich registrierte der PC meine innersten Wünsche und Regungen.

Angestrengtes Augenzucken, so wie erogenen Schwanzhaltungen beim Betrachten ausgewählter Schönheiten, die sich auf den Betten tummelten. Pseudonyme, wie meines auch, (überheblich wie ich war, nannte ich mich Einstein,) lugten in meinem Postfach gleich gekoppelt an das Bild und das Profil über meinen PC in mein Zimmer.

maledivian, yellow12345, Lotusblüten, cleo2007, frederica, Weisstopas231, Annabella, urgid, alphi_, Gitta, Mondnacht, librea, Jungfrauen, blackbear, Pattayas, onkel1, Vera, yellowsubmarine, Fleuredumal.

Wie viel Nachdenken, Verstecken und Hintertreiben hatten diese Pseudonymdarstellungen in den Hirnen weiblicher Intelligenz gekostet?

Jede einzelne hatte sich der Mühe eines inneren Suchens unterzogen und sich an der Spielregel des Anbieters festgemacht. Sich auf die Suche nach einem zu ihm passenden originellen Pseudonym gemacht, ich auch.

Der Wasserkessel war eine willkommene Abwechslung, mich vom PC wegzurobben, um mir Grünen Tee zuzubereiten. Grüner Tee als Zwischendurch und Netentspannung, Die Achselhöhlen nässten ob der vielen Gedanken auf der Jagd nach dem passenden Pseudonym.

Die Teekrümel ballten sich in dem Teesieb und nahmen gierig das 65° heiße Wasser auf, um mich nach dieser Abwechslung wieder an den PC zu führen.

Würden sie mir antworten, die ich mit individuellen Mails überschwemmte, sie vielleicht mich anklickten, wegklickten, fortklickten?

Zufall war nicht im System des Anbieters angebracht, weil der Zufall eine sehr viel höhere Chance bekommen sollte, und mich zu meiner Traumfrau führen musste.

Single Dating auf einer Segeltour, Single – Kochen, Single – Events, Single – Seminare. Alles sehr viel versprechend und teuer, um mich mit einem nach Weiblichkeit duftenden Körper voller sinnlicher Erotik und Behaarung in Verbindung zu bringen.

Aber vorher dieses Kopfkino. War mehr als ein Orgasmus im Internet. Maß die hohe Kunst der Traumzelebrierung von Unwägbarkeiten, Träumen und Hoffnungen.

War Kopfkino in der Blüte der Nichtalltäglichkeit. Es begann immer im Kopf über Duft und Augen, Brüste und Hüften, Sprache und Gestik. Nichts hatte die Natur dem Zufall überlassen, und jetzt wurde sie doch überlistet? Ich werde sie kennen lernen, indem ich aktiv werde und eine E-Mail an das Postfach der Auserwählten schrieb, oder sie zum Chat einlud.

Welche Aussichten? Ich konnte aber auch Nachrichten anderer Teilnehmer beantworten. Aktiv und passiv sein, und dass alles mit einem Mausklick, wozu ich früher Wochen und Monate brauchte.

Ich klickte nur, und es erschien ein Profil, ein Bild und ich konnte aktiv werden oder mich weiterklicken. Ich blieb solange anonym, wie ich es wollte. Ich entschied, wer mein

Foto sah und wer nicht. Wer meine Mail erhielt und wer nicht. Ich entschied, ich, ganz alleine.

Nichts Zufälliges, nur vom Kopf gesteuert und doch Kopfkino beim Betrachten der weiblichen Singles pur. In meinem Kopf breitete sich ein Behagen nach Vollkommenheit, Aufgeschlossenheit und Bodenständigkeit aus, weil meine Mails unterwegs zu den Bildern waren. Weil ich mich offenbart hatte, eine Frau zu suchen. Der Sinn und Zweck blieb mir sowieso verborgen. Also suchte ich und würde in der Hoffnung leben, eine Antwort auf meine Anfragen zu erhalten.

Das Hämmern auf dem PC half mir, mich von meiner Ex immer weiter zu entfernen, um sie in die dunklen Räume meiner schwarzen Seele zu rücken. Und dieses gute Gefühl breitete sich in meinem Kopf wie ein Lauffeuer auf frischem Rasen aus.

Das Telefon holt zum Schlage aus und vermischt sich mit dem Summen des PCs. Gute Gefühle breiteten sich in meinem Kopf wie ein Lauffeuer auf frischem Rasen aus. Das Telefon holt zum Schlage aus und vermischt sich mit dem Geruch nach neuem Leben aus dem Garten, weil ich die Balkontür ein wenig geöffnet hatte. Es wollte wohl Frühling werden, mit aller Hoffnung auf bessere Zeiten in meinem Kopfe.

Mai

Die Aprilstürme waren vorbei und die ersten warmen Maitage erhöhten meinen Pulsschlag, als ich auch noch die ersten Antworten meiner Traumfrauen erhielt.

Mein Kaffee dampfte vor sich hin, die Fenster waren leicht geöffnet, so dass ein warmer Wind über den Kaffeeschaum trieb.

„Hallo! Zwei Widder sind eher eine Katastrophe. Hunde und Katzen mag ich. Hatte selbst mal einen Dackel und eine Hauskatze. Was für einen Hund hast Du denn da an der Leine? Ist schlecht auf dem Foto zu erkennen und du selbst auch nicht. Gruß von einer neugierigen Frau."

„Hallo! Vorbei ist es, wenn ich und du eine neue Bewußtseinsebene erklommen haben. Ich bin nicht neugierig, aber es würde mich doch interessieren, was dir mein geheimnisvolles Gesicht so verspricht. Ein sehr interessantes Pseudonym hast du. Weist dieses Pseudonym auf eine Verbindung zum Chaos oder reiner Zufall? Liebe Grüße."

„Hallo! Ich bereite gerade eine Reise vor, da ich nächste Woche nach England fliege. Deine Mail hört sich nett an. Würde gern mehr von dir hören! Ich liebe Literatur. Wenn ich zurück bin, hab ich gewiss die Zeit, dir ein weiteres Bild zu senden. Lieben Gruß."

„Hallo! Dein Photo mit dem Hund und der Katze ist ansprechend und die nicht erkennbaren Gegenstände lassen auf Interessen schließen. Doch wo bleibe ich, das hat alles so gar nichts mit mir zu tun. Ich wohne nicht in deiner Nähe, so dass ich keine Ansatzpunkte für eine weitergehende Unterhaltung sehe. Alles Gute!"

Ein Klick und die Mail wanderte in den Papierkorb meines Computers, ich weiß gar nicht, was jetzt mit dieser Mail geschieht?

Löste sie sich in Buchstaben oder Einzelwörter auf, flog sie als null und eins durch das elektronische Universum? Weg, weiter!

„Hallo! Danke für deine Worte, die bei mir doch einige Gefühle auslösten, die ich nicht verstehe. Zuerst habe ich gedacht, du verwechselst mich mit jemandem. Du hast mich doch leicht verwirrt, da bin ich... Was heißt Katze und Hund? Einen schönen Tag wünsche ich dir. Gruß"

„Hallo! Vielen Dank für deine Mail. Dein Foto strahlt Ruhe und Romantik aus. Vorweg: 190 km sind mir zu weit (eine Beziehung zerbrach daran). Mein Wunsch ist es, mit jemandem zusammen zu leben. Hund? Deiner? Was fürn Sü-ßer! Ich hatte auch mal einen. Wenn ich in Rente gehe und alle Tassen im Schrank habe, hab ich auch einen wieder. Ich wollte dir einfach ein paar Zeilen schreiben... mit ganz lieben Grüßen und viel Glück bei der Suche."

„Hallo! Vorhin musste ich schnell los zum Einkaufen! Jetzt kann ich dir also antworten. Also einsam und romantisch? Was hast du denn für Erfahrungen beim Dating gemacht? Ich muss gestehen, ich suche nicht aktiv, da ich nicht soviel Zeit habe. Aber eine Zweisamkeit mit allen Vor -und Nachteilen und den vielen Problemen zwischen Mann und Frau wäre wieder schön. Grüße."

„Hallo! Es ist gar nicht so einfach über mich zu schrei-ben... Meine wenigen Interessen sind Lesen, Fotografieren, ein wenig Sport wie Schwimmen und Fahrradfahren, die Natur, Tiere, Kinder, Kino, Theater, Treffen mit Freunden oder Verwandten und vieles mehr. Aber, da alles alleine nicht so viel Spaß macht, hätte ich gerne einen Partner, der mit mir alles macht. Einen, mit dem ich es teilen bzw. mich da-rüber austauschen könnte. Er sollte Herz, Hirn und Humor haben, damit ich mit ihm lachen und reden kann, aber auch schweigen. Wichtig sind Achtung und Respekt in einer Be-ziehung."

„Hallo! Nachdem ich ein schöne Sonnenuntergang auf mei-ne Terrasse hatte, möchte ich mir weiter den schöne Dinge zuwenden... Worauf darf ich mir freuen? Liebe Grüße"

Antworten von Frauen, die real in ihren Wohnungen auch vor dem PC hockten und mein Bild im Internet angesehen hatten und ganz spontan sich sagten, diesem Mann mit Hund an der Leine musst du schreiben, aber was?

Den Hund meines besten Freundes, der mich mit dem PC und der Datinggeschichte verkuppelte, hatte ich mir für ein Foto ausgeliehen, und die Katze lief zufällig auf dem Baum, als wir spontan die Wirklichkeit bannten für den Moment , um das Gefühl eines zu antizipierenden Gedankens auf Frauenwirkungen bezogen in uns wach zu küssen. Nun standen das Foto und mein Text und ich erhielt Antwort von Frauen, die mich meinten?

Zumindest hatten sie mein Foto mit dem Hund oder das Sonnenbrillenfoto gesehen und sagten sich sofort „ Den, der ist Hund – und kinderlieb „ oder „ Ein Hundeführer, stark, verwegen und die Katze ist der Kontrast „

Oder sie meinten vielleicht „Wer einen Hund hat, kann nur human sein"?

Ach, Quatsch, ich nuckelte an der kalten Kaffeetasse, sah mir die Profile mit den Damenbildern an, verglich sie mit meinem Gefühl, das sich über die Bilder scannte und entschloss mich einer oder einigen zu schreiben, mich zu öffnen, um sie an meiner Suche teilhaben zu lassen.

Wollte sie eintreten lassen in das Gewirr von Enttäuschungen, Verletzungen und hochmütiger Aggression gegenüber meiner Unfähigkeit, eine Frau glücklich zu machen.

Eine oder mehrere würde ich treffen, würde meine Illusionsschablone mit der Realität, die auch nur gescannt war vergleichen, und für mich einen Schlussstrich unter die Suche setzen. Es schien alles möglich und einfach.

Der Weg durch den PC so klar, und nur die Verbindung zu ihr und ihrem Herzen musste noch gefunden werden. Einen Anfang wollte ich machen. Eine Entscheidung treffen, sie treffen und von Angesicht zu Angesicht sie spüren und den PC, die Datingmaschine als willfährigen, nützlichen Idioten känzeln und vergessen.

Den Sprung über den PC gleich in die Gegenwart und weiter ins große Glück. In das Herz und zu zweit ab nach

Mallorca und Andalusien. Traumfahrt mit ihr und Häusle bauen, Rest des Lebens verbringen.

„Es wäre sehr reizend, wenn sie mir ihre Telefonnummer geben würden, nicht zu Werbezwecken, nein, um sie anzurufen, um mich mit ihnen zu verabreden, um sie zu treffen. Nur sie weil sie mir mit ihrem Bild mitten ins Herz geschossen haben, ihr Profil mich anrührte und sie auf mich den Eindruck einer gestandenen, aber romantischen Frau machten.

Ich antworte ihnen, will in meinem Hirn einen Frühlingssturm entfachen, der viele Maiglocken auf einem weitem Felde zum Blühen bringt, wo wir beide , beschützt von einer alten, zerschossenen Klostermauer, uns der Liebe hingeben wollen.

Nein, nicht unkeusch nähere ich mich ihnen, nur mit allerwertesten Gedanken. So verbleibe ich mit der klitzekleinen Hoffnung, ihre Hoffnungen, die durch mein Bild beim Dating genährt wurden, weiter zu füttern und mit diesen Worten, Bilder in ihnen aufsteigen zu lassen, die es bei ihnen zur Herausgabe ihrer Telefonnummer bringen. Dann erst, mit der Stimme, dem Bild und der Briefe, erhält unser Dating seinen Sinn und bringt uns näher ans Ziel. Mit aufrichtiger Anteilnahme an unserer gemeinsamen Verrichtung verbleibe ich"

Ab ins Internet gestellt, im Postfach gespeichert, auf Antwort wartend, gesellte sich Musik aus dem Radio zu mir und verwöhnte mich mit einigen Chopin Stücken, mit denen ich gleich himmelwärts nach Mallorca fliegen konnte. Ich zog das Fenster zu, beendete meine Sitzung und legte mich aufs Sofa, von dem ich hoffte, dass es mich weckte, wenn Nachrichten auf meinem PC erschienen.

Juni

Mein Herz klopfte zum Zerbersten, als ich mich an dem Treffpunkt inmitten eines mir unbekannten Ortes, aber mit der Gewissheit des besagten Brunnens und dem Mädchen mit den Eimern, wieder fand. Hier sollte ich also auf das Kopfbild treffen, der Realisierung meiner Träume? Sie kam mit schnellen Schritten auf mich zu, umarmte mich, hauchte einen flüchtigen Allerweltskuss auf mein Gesicht und sah mich fragend an.

War dieses die Realität oder das Bild in meinem Kopf oder das Bild im Profil dieser vor mir stehenden Frau, klein, blond, blauäugig, leichte Falten um den Mund, auf dem Photo waren sie nicht zu erkennen, und das fliehende Kinn war jetzt noch stärker in mein Bewusstsein gedrungen, der pralle Busen war unübersehbar und milderte etwas den Eindruck des Gewöhnlichen und versprach mir Lustgedanken, wenn ich sie denn anfassen sollte. Sollte ich?

Mein Blick hing an den Bildern meines PCs und verglich, scannte ab und verwarf die Realität, wollte nicht dieses unscheinbare Wesen vor mir realisieren, weil das gescannte Bild nicht identisch war, nicht mit meiner Vorstellungsfilmmusik übereinstimmte. Mir war zumute, als kratzte eine Nadel auf einer Schellackplatte und wiederholte nur die Spur, ohne dass ich sie verändern konnte.

Meine Hand streckte sich ihr nun entgegen und betrachtete sie, langsam wurde das Bild mit dem Wassermädchen und dieser Frau, klein, zart, schutzlos, fliehendes Kinn, blondes Haar zu einem neuen Wesen. Hier und Jetzt. Sie griff nach meiner Hand, "Schön dass du gekommen bist, so lerne ich dich in der Realität kennen, und muss nicht immer dein Foto anstarren". Schweigen, wir gingen nebeneinander her, dem Kaffeegeruch nach, der sich aus einem Lokal auf uns zu bewegte. Sollte ich sie fassen? Sollte ich neben ihr den Arm um sie legen, wollte ich das? Ich ergriff ihre kleine, schweißige Hand, die glitschig in der meinen lag, oder war es mein

Schweiß, der sich wie ein kleiner See mitten in der Hand sammelte. Ich wollte dieses Treffen als Übung nutzen, da ich spürte, wie das Bild im Internet sich nicht mit der Realität mischen ließ, wie das Bild auf meinem PC hier im Gleichschritt unserer Füße zu einem Gang unterschiedlicher Kopfgeburten sich vermischte.

Es passte nicht! Ich wusste es, spürte es, sie spürte es, wir schwiegen und setzten uns in das Café. Mit leicht verschränkten Armen zählte ich ihre Wenns und Abers, ihre Ahs und „du musst", ihre Erfolge als Lehrerin, als Theaterpädagogin, als Deutschfachfrau, und warum sie dieses alles machen würde. Wollte sie noch einmal Schmetterlinge im Bauch erleben? Sie glaubte an die große Liebe und an die Liebe auf den ersten Blick, an das Kribbeln im Bauch. Dabei fuhren ihre Hände vors Gesicht, als müssten sie etwas schützen, verdecken, als müssten sie etwas verstecken, vielleicht die Wahrheit vor sich selbst.

Ihr Oberkörper bog sich in Formen und ihre sommerlichen vollen Brüste ließen sich sanft zum Schaukeln verleiten und waren wie reife Apfelsinen, ungeschält.

Meine Hand, ungeübt im Fühlen, sicherte vorsichtig nach vorne und umklammerte ihr Handgelenk, ließ los und strich über die zarten Finger auf der Tischkante zurück in mein Terrain. Diese leichte Berührung musste einen Wollustschauer bei ihr ausgelöst haben, weil spielerisch sich eine Hand wie zufällig auf meinen Unterarm legte, und leicht, wie nach einem Fussel suchend, an meinem schwarzen Pullover zupfte.

Nähe und Abstand, Gestik und Gefühl, wie konnte ich mich ihr nähern, ohne mich gleich zu verabschieden, weil die Bilder im PC und meine Wirklichkeit nicht in Deckung zu bringen waren, weil zwei Bilder entgegengesetzt verliefen.

Der Kellner strich das Trinkgeld ein, nickte kurz einen Gruß und verschwand, während wir uns erhoben.

Die Sonne stand hinter der Burg und bestrahlte den Vorplatz des Schlosses, als wir die Schritte gemeinsam in die

Nähe unserer Wagen lenkten. Eine flüchtige Umarmung, ein Kuss, leicht wie eine Feder und ein verzeihender Blick, ließen Gefühle von Verlust in mir aufkommen und vermischten sich mit der Bildergalerie in meinem PC.

Es war meine erste Internetbegegnung, die mich ab sofort veranlasste, auf jede kleine Regung meines Körpers, besonders der unteren Region zu horchen, um festzustellen, wie es ist, wenn das Bild und meine von dem Bild gemachte Wirklichkeit in Passung traten. Waren das die Schmetterlinge? War das dieses Gefühl als Treibsatz für das geschäftige Getue im Internet? War das jene Macht, die uns immer wieder auf die Bahn um die Dating – Profile jagte?

Ich sehnte, während ich die abendliche Kühle sich mit klassischer Musik verschmelzen ließ, mich wieder an meinen PC, der voller Illusionen und Hoffnungen nur darauf wartete, mich wieder auf die Strasse nach den Schmetterlingen laufen ließ. In meinem PC – Zimmer angekommen, goss ich mir schwarzen Kaffee ein, der immer bereit war, lehnte mich vor und klickte das Bild des heutigen Treffens einfach weg. In das Nichts, ausgelöscht, vorbei.

Nur um Platz für eine neues Bild von einem weiblichen Wesen zu schaffen, das sich zufällig auf mein Profil verirrt hatte, oder die ich zufällig angemailt hatte.

Komisch dachte ich so vor mich hin, eigentlich wie im Leben, nur dass du durch diese Art die Quantität erhöhst, aber die Gegenwart und die Wirklichkeit kannst du auch nur in der Gegenwart der anderen schaffen. Du triffst immer nur in einer Wirklichkeit auf weibliche Menschen, in deiner! Und wenn du das Gefühl hast, keine Schmetterlinge, keine Erektion beim Streicheln, keine Eindeutigkeiten und kein erneutes Treffen, du klickst sie einfach weg!.

Juli

„Bin vielseitig musikbegeistert, liebe Konzerte, ansonsten gern Fitness, Sauna, Garten, Kino, Lesen, Partys, Kneipe, Kultur.

Was ich mag: Sport - sowohl aktiv (Badminton, Joggen, Wandern) wie auch passiv (Fußball, Basketball), Urlaub - Italien (das Land, die Sprache, das Essen und den Wein), Doppelkopf, die Toten Hosen, und lache - am liebsten über mich selbst.

Suche eine große Portion Gelassenheit, die mutig, fröhlich und klug ist und keine Angst vor einer selbstbewussten Frau hat. Wichtig sind mir Eigenschaften wie Aufgeschlossenheit und Toleranz, Fröhlichkeit genau wie Ernsthaftigkeit, vielseitiges Interesse an allen möglichen Aktivitäten (Kino, Kunst und Kultur, Reisen, Wandern etc.), aber genauso auch einfach Gemütlichkeit zuhause genießen zu können.

Da ich das Alleinsein satt habe und viele Dinge gerne wieder zu zweit erleben möchte, würde ich mich freuen, wenn DU Dich bei mir meldest. Ich mag nicht: Humorlosigkeit, Arroganz, Unehrlichkeit, Prahlerei, Oberflächlichkeit...“

Das Bild auf dem PC in dem Profil hohe Stirn, lange blonde, rötliche Haare, eine kleine Stupsnase, die Augen waren nicht leicht zu erkennen, aber mein Gefühl sagte mir, die könnte es sein, als Vereinigung aller guten fraulichen Eigenschaften, nur ihr Oberkörper war nicht zu erkennen, mein Gehirn versuchte die Ganzheit zu konstruieren und so bildete sich eine weibliche Körperhaftigkeit, schlank, rundlich, Sommerwindgesicht, strandnixenartig und verspielt, sie bohrte sich in mein Hirn mit immer neuer Energie, je öfter ich die Bildvergrößerung nutzte, sie ran zoomte.

Verzückt, bellte mein Herz nach Nähe und Körperhaftigkeit, sie wollte ich treffen, scannen, und es würde gut, ruhig um uns werden.

Nach Italien, wie sie es sagte, nach Rom, dem Papst bei einer Messe über die Schulter schauen, einen Espresso mit den Geistlichen in schwarzen Talaren nehmen und Vergessen in ihren himmelblauen Augen trinken. Sie sollte es sein.

Das Bild versprach mir hoffnungsvolle Süße im Innersten, Blütenträume und gemeinsame Bettfreuden, ohne zu penetrieren, nur zu liegen und sich dem Rausch der Körper hingeben.

Meine Hände formten wie unter Hypnose eine Antwort, die in Sekundenschnelle ihr ins Postfach gelegt würde, eine Antwort, die alles Gefühl, zu dem ich fähig war, in sich barg, alles Gefühl sehnsüchtiger Schmerzen ohne die Zweisamkeit, Einsamkeit als Verlust. Nie wieder verlassen werden, aber erst einmal finden, ohne zu suchen, liegen, ohne zu schlafen, rufen, ohne zu sehen.

„Liebe Unbekannte, Seelenverwandte, mir nahe Seiende, Unvergessene... dein Bild ist die Erfüllung lang ersehnter Wünsche und versetzt mich in den Zustand edelster Gefühle. Lass uns von hier gemeinsam einen Hügel erklimmen, die Welt erobern, den Berg besteigen, nach den Wolken fassen.

Mich überkommt beim Betrachten deines Bildes ein wildes Verlangen nach Mehr deiner Nähe, die ich jetzt schon beim Betrachten fühlen kann, die Wärme deiner Haut als Metamorphose eines unauslöschlichen Traumes. Ich will den Weg mit dir gehen, dich an die Hand nehmen, und neugierig über die Bäche und Widernisse des Lebens springen. „Springe mit!"

Die Nachricht wurde gesendet, mein Herz verschluckte sich und meine Augen suchten nach einem Halt am Ast, der voller Blüten sich im Winde drehte, direkt vor meinem Fenster. Leise summte die Kaffeemaschine, ich bewege mich mit dem Bild der Traumfrau, der Herzensbrecherin und brühte mir einen Kaffee.

Mir ist, als fielen alle bösen Träume von mir, als würde das Blau des Himmels nur von dem PC Bild übertönt, der Computer als Seelenverwandter zum Herzen einer mir völlig fremden Frau? Ein Mensch, den ich mit diesem Medium antörne? Eine Frau, die sich von einem Text aus meinem Hirn in Sekundenschnelle, wenn sie es liest, antörnen lässt, oder auch nicht. Dann werde ich in den Papierkorb geschoben, weggeklickt, ab in die Mülle.

Ade alle Gedanken und Ideen, nutzlos, aber wenn ich getroffen haben sollte, klebte meine Mail wie zähes Kaugummi im Gehirn dieser Traumfrau, die mich bis in die Fingerspitzen erbeben ließ. Kein Brief kann so schnell sein, ein Gedanke, abgescannt im PC kann es.

Wie waren die Gedanken vor 50 Jahren in Briefen und zugestellt, gepresste Gedanken. Eine Antwort war längere Zeit unterwegs, mein Hirn zermarterte, ob sie es ernst meinte, oder schon einen anderen hatte, und ich der unglückliche Tanzstundendepp war, der wieder mal als Letzter , als Mauerblümchen bei der Damenwahl keine Chance hatte. Ich erhielt niemals eine Antwort.

Nein, hier hatte ich die Auswahl, hier war ich der King, hier nutzte ich die unscheinbare Welt der Quanten, um meine Träume wahr werden zu lassen. Die Zahl der Treffer wurde von mir permanent erhöht, nicht eine, nein, Tausende, nicht eine, sondern viele, die ich mir aussuchen konnte. Meine Hand zitterte, als ich die Tasse zum Munde führte. Dieses Gefühl allmächtiger Güte gegenüber dem anderen Geschlecht, das nun auf Gedeih und Verderb, auf mein Anklicken angewiesen war.

Ich suchte aus, ich klickte weg, ich verglich und zoomte die Fotos, und wehe, mir gefiel die Nase oder das Kinn, oder das Gesicht mit den Haaren, oder die Hand nicht. Die Augen sprachen mich nicht an, weil kalt oder leer, die Haare erinnerten mich an meine Mutter oder meine Ex. Weg damit, die Nächste bitte, was wollte ich?

Mit dem heißen Kaffee trat ich auf den Balkon, nippte vorsichtig und wartete mit einem Ohr auf die Antwort auf meine Mails. Unruhig flimmerte mein Blick auf den Baum zu, die Katze lag unten im Grase, ließ das Fell von Wärme durchfluten, ich konnte es bis in die Finger spüren, wie gut es ihr ging. Meine Füße schritten im Zimmer auf und ab.

Was, wenn sie nicht antwortete? Was wenn sie den Text nicht ernst nahm, den ich in dem Moment des Schreibens mir aus dem Herzen stahl. Ungeduld des Herzens? War das unsere, meine Bestimmung, immer auf der Suche, immer auf der Suche nach der Sucht? Niemals rückwärtsgewandtes Sehnen und bereuendes Lachen zu zweit?

Ich schüttelte die Gedanken aus dem krausen Hirn. Da, der PC gab ein Geräusch von sich, eine Antwort. Schnellen Schrittes fing ich mich auf dem Stuhl ein, fixierte meinen Blick und las die aufgebrochene Mail:

"...was bist Du nur für ein geheimnisvoller Mensch! Du erweckst Neugierde und Gefühle in mir, und gleichzeitig machst du mir ein wenig Angst.

Ich sitze hier vor meinem PC, bin unfähig Gedanken zu formulieren, ich fange an bei deiner Mail zu träumen und genieße es, mich anhand deines Bildes in dich fallen zu lassen. Deine zärtlichen Hände umfangen meinen warmen Körper, den du schon durch mein Bild aufgenommen hast.

Im Reich der Träume sehen wir uns wieder und Realität wird aus dem Wunsch, dich wahrhaftig zu spüren. Ich möchte mehr von dir hören, deine vermeintliche Stimme an meinem Ohr vernehmen. Will mehr aus deinem Leben erfahren. Bevor ich mich dem Alltag zuwende, möchte ich dir sagen, wie sehr mich deine letzte Mail zum Nachdenken gebracht hat, zum Klingen in mir und meiner Sehnsucht nach Vollendung.

Ich sehe dich auf dem Bild mit einem Hund, irgendwie schon komisch, Zufall Vorherbestimmung, Chaos?

Meine Hobbys sind Malen und Fotografieren. Eine neue Kamera ist mein liebstes Spielzeug. Ich freue mich sehr auf den Abend, an dem ich mit meiner Kamera ein Bild von dir machen werde, um es dann verewigt in mir nie wieder loszulassen. Und dann einen Tag mit dir auf einem sonnendurchfluteten Deck eines Kreuzfahrtschiffes, bei schwerem Wein und edlem Fisch.

Meine Zunge lechzt nach deinem Mund, küsst deine schmalen Hände wie eine Versinkende. Ich möchte sofort zu dir fliegen, weil du in meinem Kopfe Platz genommen hast, und ich das Bild von dir in meinem Hirn gegen die Realität und von mir verantwortete Wirklichkeit eintauschen möchte.

Ich habe lange überlegt (so lang war es nicht), in mich hineingespürt. Hier ist meine Telefonnummer. Du erweckst eine wahnsinnige Neugierde in mir. Wenn das Telefon klingelt, und du bist dran, werde ich bestimmt ganz aufgeregt sein."

Mein Oberkörper sackte zusammen aus einer Erstarrung und Spannung. Meine Arme zuckten nach vorn und ich gab in den PC ein: Ich rufe bestimmt an!!!

Dann stand ich auf, nicht ohne einen Blick aus dem Fenster in die Nachtdunkelheit zu werfen, nicht ohne meinen Blick in den nachtschwarzen Licht durchfluteten Himmel zu werfen, voller Hoffnung auf eine liebevolle, verstehende Stimme am anderen Ende der Leitung.

Am anderen Ende war wie durch rauchigen Nebel eine samtweiche weibliche Stimme zu vernehmen, die liebevoll mit dem Bild auf meinem PC korrespondierte und mich das erste Treffen mit ihr, zeitversetzt herbeisehnen ließ. Sie wollte es so, und ich kam ihr mit meinem Wunsch, sie zu sehen, entgegen.

August

Es lag ein leichter Schleier von verbranntem Laub in der Luft, als ich von zuhause kommend, mich der Kneipe am Schlossplatz näherte, mich in der Näherungsdunkelheit an den Außenlichtern und Bierzelttischen orientierte.

Hier sollte also mein erstes Treffen mit ihr stattfinden. Mir zogen sich die Adern zusammen. Mein Mund war unterkühlt feucht und meine Hände hielten krampfhaft den Plan zum Auffinden dieser Kneipe fest, knüllten ihn leicht, mich um-blickend nach einer Frauengestalt, nach einem Frauengesicht zu suchen, das von mir als das Gesicht auf meinem PC wie-der erkannt werden könnte.

Der Umriss des beleuchteten Schlosses mit der angestrahl-ten Uhr, die fein säuberlich geputzt den Zeitenwechsel mar-kierte, heftete sich mir wie ein schwerer Bleiklumpen an die Füße. Und was, wenn sie nicht käme, mich hier im Halbdun-kel stehen ließe, mich wie zu meiner besten Tanzstundenzeit ins Lächerliche stoßen würde? Stehengelassen bei Damen-wahl, Mauerblümchengefühle, verlassen, zurückgestoßen!

Schritte hallten auf den Steinen, leichte Schritte bewegten sich auf die Kneipe zu, machten einen Bogen um mich, ka-men von Hinten, sprachen mich an:" Hallo!"

Ein Hauch von Parfum schlug in meinen Nacken und er-regte meine Sinne, die sich so nach Duft und Nähe sehnten. Die ihr Bild aus meinem PC in Wirklichkeit, oder Realität erstehen lassen sollte.

Wir standen uns wie zwei unschuldige Lämmer gegenüber, fassten und umarmten uns in einem Angriff als bester Vertei-digung, um nicht zuzugestehen, es wäre nur ein Traum.

Ich griff nach ihrem Arm, bog ihn leicht und fasste ihre schmale Taille. Ein paar Schritte und wir waren im Dunst verglühender Zigaretten und Bierfahnen verschwunden, sa-ßen wie zufällig ganz hinten am Tisch und tranken aus den fremden Augen. Tranken jede Bewegung, jedes Nicken, jede Regung im Gesicht des Gegenübers.

Aus der Erstarrung eines Bildes in die lebendige Bewegung der Gegenwart und Zukunft.

Meine Augen konnten sich nicht satt sehen an ihrem Gesicht, den Augen, der leicht vor gewölbten Nase und dem zierlichen Kinn, den langen blonden Haaren, der schmalen Figur in Jeans und Pullover. Ihre Augen, immer zu einem Lächeln an mich bereit.

Was zog uns an, wie lange dauerten Sekunden, um zu spüren, sie ist es. Das war der Augenblick, auf den jeder hoffte, der sich im Internet Dating Café bewegte.

Das Kribbeln und die Schmetterlinge, die Nähe und die Distanz.

Wir verschränkten unsere Hände und Arme, als hätten wir nie voneinander gelassen, als säßen wir seit Jahren schon in dieser Kneipe und versuchten, es noch einmal, und immer wieder zu wagen. Ein Jawort ohne zu sprechen, die Erwiderung ohne zu sehen.

„Noch ein Bier?"

Die Frage der Kellnerin platzte wie die A-Bombe in unser Nichtgespräch und wir schwangen uns nach der Bestellung wieder in ein Gespräch über Banalitäten auf dem Hintergrund schwerwiegender Zukuftsentscheidungen. Sie war es für mich, die große Unbekannte, und doch wusste ich schon zu viel von ihr.

Wusste, wie es im Bett mit ihr sein würde. Wusste, dass wir die Nächte wie in einem Rausch erleben würden. Wusste, wie ich mich erektil in sie fallen lassen konnte, weil sie nichts von mir wollte, weil sie mich nicht bedrängte.

Hoffnung in dieser Kneipe war angesagt und verhalf uns zu der Erkenntnis einer gemeinsamen Nacht des Ausprobierens mit einem Fremden, mit einer fremden Haut, die Sensibilität zu ergründen, um sich festzuhalten und gemeinsam weiter zu wandern, wohin auch immer.

Ihre weiche, nur von kleinen Brustwarzen gesäumte Haut, sog ich ein wie ein Ertrinkender, prüfte durch meine Nase den Geruch ihrer Muschi und liebkoste mit den Lippen vorsichtig ihre Klit und ihre Schamlippen, strich mit der Zunge voll durch ihre Spalte und vergrub meinen Mund in ihrem Schoss.

Um nichts möchte ich jetzt Papst sein, möchte nur sie kosen und mit meiner rauen Katzenzunge liebkosen, wo immer sie mir Zutritt gewährte. Sie ihrerseits verspielte sich an meinem Glied, das halbschlaff nur sich ihrem Mund entgegenstreckte und mit einem Kribbeln in meinen Achselhöhlen und im Magen sich ihren leicht öffnenden Lippen prall entgegenstreckte.

Doch wie lange sollte dieser Zustand dauern, wenn meine Gedanken sich nicht länger an den Bildern auf meiner Festplatte festhielten, wenn ich nicht meine Gedanken mit ihrem Bild als Vergleich auf den Dating Seiten spazieren gehen ließ.

Unsere Finger verzerrten sich und rissen tiefe Wunden in die Haut, die von vielen Nägeln sich rötlich färbte. Und immer wieder züngelte ihre Zunge leicht federnd über meinen geöffneten Mund, sog die Bierdüfte ein und sie verschlang mit einem Lächeln meine Zunge, die gewaltig sich nach ihren Zähnen und ihren Lippen sehnte.

Wo waren meine bisherigen Betterfahrungen geblieben? Wohin meine Bettfrauen entschwunden. Weit weg, nur neben mir dieses zarte, blondlockige Geschöpf von Frau, die sich eng an mich schmiegte, während draußen die Ascheimerleute die Komposttonnen leerten.

Ihr mädchenhafter, schüchterner Körper lag fest auf meiner Brust und genoss so die unmittelbare Verschmelzung zweier Häute. Lippen auf Lippen, Zungen auf Zungen, die Körperschauer wollten kein Ende nehmen.

In dieser Nacht hatte ich noch niemals so eine Frau gelebt. Nur sie und ich, kleine Kreise, in denen wir uns tummelten. Und wie auf einer Spielwiese, gab es außer uns keine anderen, keine Tiere, nur Blumen und klares Quellwasser, das uns zur Kühlung dargeboten wurde. Wir sogen es ein und genossen die blumenwiesige Landschaft an diesem Morgen, lehnten uns zurück im Bett und begannen wilde Reime und Gedichte aufzusagen, aus unserer Kindheit uns nun zugeworfen.

Wie ähnlich, und doch andere Körperteile und Öffnungen, nicht vergleichlich und doch passig.

Festhalten wollte ich sie, doch immer wieder mischten sich Zweifel in mein Hirn. Zweifel, ob sie mich mochte? Ob sie mit mir zart genug umgehen würde, ob die Schmetterlinge immer blieben, ob wir ein Paar würden, ob wir uns wie viele andere bald hassen würden?

Ich knipste das Licht aus, zog die Decke zurück, drückte mich an ihre Seite, umfasste sie und genoss sie wie zur ersten Stunde. Haut an Haut in einem morgendlichen Licht, von außen hereingebrochen, wehte der leichte Wind in das Zimmer, in dem unsere Hosen, Schuhe, Unterhosen, Blusen , Strümpfe verstreut wie ein zerstoßenes Würfelspiel lagen. Übereinander und zusammengefegt, chaotisch naiv, wir werden es schaffen, aber wenn nicht?

Mir kam es vor, wie das Aufbegehren meiner ersten Liebe, ohne Ehrfurcht vor den Verlusten, die das Leben uns doch lehrte. Und mein Kuss blieb an ihrem Haar hängen, verzweifelt nach der Unendlichkeit sich sehnend und doch wissend.

Der Tee war fertig, als ich in die Küche trat, wo sie, in meinen Morgenmantel gehüllt, grünen Tee mir zur Morgengabe bot, dazu einen Zungenkuss und eine Scheibe Brot mit Honig, ein gekochtes Ei, wie bei Muttern, und wohl aufgeräumt erschien mir der Ausguss.

Eine Decke hatte sie gefunden und nun saßen wir, wie schon zu hundert anderen Zeiten und tranken grünen Tee.

September

Jedes Frauenbild im Internet löste in mir einen Schwall von unausgesprochenen Erwartungen, Sehnsüchten, Begierden aus und verstärkte meine Hoffnungen, mit dieser Wirklichkeit ein neues unabhängiges Leben zu leben, nur wir zwei und nur mit ihr.

Ob es sich um das schwarzhaarige Gesicht in listiger Weiblichkeit, mit tiefblauen Rehaugen, oder um den Ganzkörper einer Blondgelockten, in einen weiten Sari gekleideten schmalhüftigen Weiblichkeit mit intensiver erotischer Ausstrahlung auf mein Glied, das bei ihrem Anblick in Schwellung geriet, handelte, stets waren die gleichen Hoffnungskräfte einer verzehrenden Sehnsucht in mir zu spüren.

Unser weiteres Treffen nach einer selig durchvögelten Nacht erlebten wir in ihrem Appartement nahe eines Klosters am Rande der Stadt. Mit schwerem Wein und Kerzenduft verzierte Gedanken zu dem Ratespiel, was können Frauen besser als Männer, oder, passen wir überhaupt zueinander, oder reißen uns unsere egoistischen Träume nicht immer wieder in zwei Welten unvollkommener Einsamkeit?

Ich wagte, während ich den Rotwein auf ihren blühenden, brustknospenden Körper goss, keine Deutungen, und leckte gierig mit rotfarbener Zunge entlang ihrer Nabelschnur, die sich wie eine Schlange bis in ihre weiblichen Geschlechtsinnereien grub. Durchbrach die Gesetze des Inzests, während ich mich an ihrer festen Hängebrust verknospete und mit aller Kraft einen weißen Tropfen ungestillter Milch versuchte einzuatmen.

Und gleichzeitig bewegte ich meinen Schoß in ihrem mit der Hingabe eines onanierenden Mönchs, der nur sich dem Schoße, fruchtbar, der Maria versündigte, ohne zu ahnen, wie gierige Augen listiger Brüder über sein Glied wachten.

Der liebliche Geruch ihre Unterleibes verursachte Lustschreie, die meine Zunge anfeuerte und ich versank mit meinem Mund in den Qualen weltgewordener Verworrenheit und jugendlicher Geilheit, während ihr Arm sich dem hoch erregten Gliede näherte, nein, ihr Mund sich dem Gruße meiner Phallusspitze verschrieb.

Ein währendes Gedränge unserer klitschnassen Körper in ungestümer Leidenschaft und Lust. Mal in dem dunklen, vorsichtigen, gierigen Schoß und dann hingestreckt im Kusse ohne Ende und verlorenem süßen Schleim, der tropfend sich aus meinem Munde in den ihren ergoss. Meine Achselhaare waren nass von ihrer Feuchte und Begierde, verletzten jeden Anstand unserer Erziehung und Würde.

Kirchenmahnungen zum Trotz, sich nur der wahren Liebe hinzugeben, verfehlten ihre Wirkungen, stürzten uns noch mehr in die Höllenqualen eines geistigen und körperlichen Orgasmus. Unsere Körperflüssigkeiten vermischten sich im Schrei der Nachteulen, die aus dem Park herüberlugten, sich paarend in die Nacht erhoben, während ich mit erhobenem Schwanz, mich an den Kühlschrank begab und mich sanft aus ihrer fesselnden Umarmung rettete.

Aus einer Umarmung, die alles verschlingend auf die Unendlichkeit hoffte.

Das Licht im Inneren des Kühlschranks zeigte mir den Käseteller, der als Abendessen hier einer nächtlichen Essorgie harrte. Mit Stolz erhobenem Schwanz, jugendlich geil, setzte ich mich an den Küchentisch. Das Brett und den kalten Tee vor mir und hörte meinem Schmatzen zu, das friedlich in die Dämmerung und tiefe Nacht hallte.

Sie kam auf leisen Sohlen, schmiegte ihren nasswarmen Körper von hinten an mich, umschlang behutsam, engelgleich meinen Körper.

„Ich wollte es nicht, aber ich hoffte es, sonst schlafe ich nicht mit jemandem in der ersten Nacht, wir kennen uns doch gar nicht." Mein Geschmatze und Nicken, ließ sie neben mich auf den Stuhl sinken.

Der laue Wind brachte Geräusche aus der nahen Klosterküche, eifriges Gemurmel und Handtuchschlagen. Zwei Nackte, Mann und Frau, blond gelockt und schlank wie

Rehe, mit zarter Tuchfühlung, saßen sich im Schein einer Kerze gegenüber, hielten sich an den Fingern und glaubten tatsächlich an die Endlichkeit des Augenblick irdischer Empfindungen. Wälzten eigenen Sozialisationsdunst, bemühten alte Geschichten aus der Jugend, erzählten Märchen aus Tausend und Einem Leben, wiederkäuten Längstvergangenes aus tiefsten Schichten. Rundherum Wärme und Bestimmtheit, ich bin hier und ich bin.

Wir! Unsere Geschichten waren die gleichen wie vor Hunderten von Jahren, waren gleich bis auf die Tatsachen der Befreiung in der Entscheidung, es miteinander treiben zu wollen und getrieben zu haben, aber was taten wir denn ?

Waren wir nicht naiv genug? War ich nicht auch brav zu glauben, es müsste immer so weitergehen?

Unsere Ehepartner saßen als Gespenster mit an dem Küchentisch, flüsterten mit hinein in die laue Septembernacht, warteten nur auf den Augenblick, uns mit Eifersucht und Häme zu begegnen, uns nicht zu uns kommen zu lassen.

Doch wir wollten den Teufelskreis aus verzweifelter Ehefrustration, Geborgenheit, Verlassenheitsgefühlen und stinknormalem bürgerlichen Alltag zum Vergessen bringen.
Wollten es besser, anders, intensiver und toleranter machen.

Meine Gedanken schweiften in das Kloster, wo an einem alten Ziehbrunnen ein nackter Frauenkörper sich die blonden Achselhaare wusch, mit einer Hand sich mir entgegenstreckte und wie auf dem PC ins Nirwana entschwand.

Ein Traum war es nur, den ich mit dem blondgelockten Leib einer leicht fülligen Wirklichkeit , die sich als vollbusiges Etwas entpuppte, verglich,

Und mich überkam das unbestimmte Gefühl eines Versäumnisses und Ausschlusses, was mich veranlasste, ihr wieder und wieder in die Augen zu sehen, in denen ich aber nur gähnende Leere sah. Wohin auch immer ich mich mit meinen Gedanken wandte, das Käsebrot zwischen den Zähnen, den Wein als Genuss in meiner Kehle. Die Realität und meine Wirklichkeiten umfassten die Spitzen ihrer Finger, während meine Ideen Zuflucht in dem nahe gelegenen Kloster fanden. Vergeblich auf der Suche nach der warmen Weiblichkeit am Brunnen, die sich die Achselhaare wusch.

Meine Zunge fuhr über ihre leicht geöffneten Lippen und krümelte das Brot hingebungsvoll in ihren feuchten Mund, während meine schwere Hand ihren leichten Körper wie im Traum umfasste und in den Himmel hob.

Wir verschoben uns in das breite, noch schweißnasse Bett, wickelten unsere Körper umeinander, sahen in die Augen des Anderen, Fremden und flüchteten uns in eine ferne Welt unausgesprochener Träume.

Oh, welche Aufwallung beim Anblick der nackten Frau am Klosterbrunnen. Mein Glied stieß hart in die nicht feuchte Möse und zerplatzte in der Wirklichkeit, während sie sich im rasenden Lustschmerz ihrem Orgasmus im Minutentakt näherte. Weg, aber wohin?

Warum willst du nicht bleiben, du, der du endlich geliebt wirst, geduldet in dem Schoss einer prallen Lebensfrau, die alles für dich tun würde, wie sie sagte. Die dich niemals einengen, dich auf Händen tragen würde, und niemals verlangte, mit dir zu schlafen. Nur deine Nähe erheischend und abwartend deiner sexuellen Gelüste.

Wollte ich das, wollte ich nicht wieder suchen, weil der Vergleich mit meinem Traumbild zu real geworden war? Weil die erschaffene Wirklichkeit wieder nur zur Fiktion geworden war, zu einem Bild, das ich nicht zu realisieren und nicht zu leben vermochte.

Meine Unterhose, Hemd und Hose, Schuhe und Autoschlüssel. Die Tür schloss sich leise, es war eine kleine Dämmerung zu spüren, als ich an der Klostermauer entlang den Duft ungewaschenen Achselschweißes einer vollbusigen Frau spürte.

Leichter Bienenduft zog in meine Nase, summend glaubte ich Bienen zu erkennen, die auf Blütenträumen Nektar sammelten. Meine Schritte näherten sich meiner Wohnung, das Zimmer, der PC, ich war am Anfang meiner Suche.

Oktober

Die ersten Herbststürme ließe den Baum vor meinem Fenster erzittern, schlugen ihr Wasser gegen die Scheiben und verbreiteten in mir, der vor meinem PC saß, Unbehagen.

Der kalte Kaffee stand neben mir, während ich Antworten schrieb an unbekannte Schönheiten, die mich in kunstvoller fotographischer Harmonie ansahen, aber nicht mit mir sprachen.

Es war immer wieder das Gefühl eines Zungenschlages in mir, der sich wie eine Schlange aus mir heraus in den PC grub, um mit dem Bild eins zu werden. Es zu verschlingen, das zarte Gefühl von Hoffnungsschimmer und Verlust, von Glaube und Liebe, von Schmerz des Verlassenswerden lastete wie ein Albtraum auf meinen flinken Fingern.

Bilder der letzten Wochen an sie, die mich umschlungen hielten, mich ableckten wie einen kleinen Hund, in deren Armen ich der Wollust mich hingeben durfte. Die Gutgläubigkeit an die Machbarkeit von Liebe hielt mich gefangen.

Unser erstes Treffen war nicht ohne Folgen für meine verletzte Seele und so gewann sie Stück für Stück Einfluss auf meine Gehirnwindungen.

Sehnsucht, wenn sie nicht ihre Hand an meinen Mund drückte, und ich nicht mit geschmeidiger Zunge ihren Rücken liebkosen konnte.

In der Zubereitung von Speisen achtete sie besonders auf Rohheit und Frische, mied Gekochtes und Gebratenes.
Aß und trank nur Unbenetztes und Unvergorenes, keine Milch und Butter.

Nur wer sich mit frischen Gräsern ernähren konnte, hatte das Maß aller Dinge erreicht, schützte sich vor Krankheit und anderen Gefahren. Ihr zuliebe versuchte ich Rote Beete, gebrühte Suppen , Brennnesselsalate. Alles schmeckte nach ihrem frischen Körper und ich war froh, wenn ich mich wieder mit ihr auf das Bett lümmeln konnte, mich ihr in Demut näherte, und bäuchlings vereinigte.

Wir vergaßen die Welt. Die Lustfreuden, kannten nur unsere Körperöffnungen und Zungen, die abwechselnd sich um die Lenden kräuselten.

Doch manchmal durchzuckte mein Hirn ein Bild aus meiner Frauensammlung aus dem PC, so als bestünde trotz allem eine Verbindung zwischen PC und meinem Hirn. Selbst beim gewaltigen Liebesakt, im Höhepunkt scannte mein Hirn über Dating Internetseiten. Und die Lust floss Samen verströmend in alle Poren des toten Materials, verspritzte sich gleichzeitig auf den Brüsten meiner Geliebten.

Und Gedanken zurrten an mir. „Wie geht es dir, der du zwischen den Welten träumst, und zwischen dem warmen Körper und den Bildern einen Unterschied wie Tag und Nacht machst, wie zwischen Eis und Regen?" Ich brauchte beides, oder konnte ich auch alleine sein?

Meine Sucht war und ist Projektion und Buch zugleich, das ich für egomanisch halte und hielt. Aber, noch liebte und lebte ich, auch wenn Frauen mir sagten, ich könnte mich gefühlsmäßig nicht auf Frauen einlassen.

Wie Recht sie hatten!

Auch so muss ich sterben, zumal ich zum Leben nicht mehr Lust hatte, nur wollte ich noch erkennen, welche Frau zu mir passte. Der nasse Leib, fraulich gemalt, in meine Decken gehüllt. Der Oktoberwind rüttelte an den Fenstern, und sie bewegte sich zierlich unter mir und breitete einen wohligen Geruch nach Sperma und Morgenlatte aus.

Ihr Mund bewegte sich. „Ich verleugne mich, wenn ich mit dir so vögele, obwohl wir beide noch verheiratet sind, obwohl ich mit meinem Mann seit 12 Jahren nicht mehr schlafe.

Viele Lover sind mit mir durch die Ekstase gegangen, aber es fehlte der Kick, das gewisse etwas, das innig verschmelzende du im ich, du bist es. Keine Klarheit , kein Entscheidung, keine Trennung von deiner Frau. Deine Gedanken sind nicht bei mir, du meinst nicht mich!

Ausflüchte von dir, nichts Genaues, ich liebe dich nicht mehr, oder doch?

Unendliche Gefühle. Verewigte Kommunikation. Ich fühle mich von dir mies behandelt, benutzt, ausgekotzt, vergewaltigt.

Alle Anderen sagen mir auch, lass ihn sausen. „Deine Frau ist wichtiger für dich als ich, warum?"

„Liebst du mich nicht mehr? Warum? Du entziehst dich mir! Warum?"

Meine Gedanken schweiften in die Surforgien meines PCs, suchten nach Antworten, die eine weitere Begegnung, ein weiteres Vögeln mit ihr verunmöglichen würden.

Mein schwankender Gang aus dem verschmierten Bett hin zum Klo ohne Antwort, musste für sie wie eine Ohrfeige, ein Rückzugsgefecht wirken.

Mit unendlicher Ruhe wischte ich mir die Spermareste von meinem Schwanz und versuchte nicht, ihn wieder in Form zu bringen, weil der Gedanke an ihre Worte mich abständig machte, mich wieder nur zurück an den PC trieb.

Und sie wusste nicht, welche Süße sich mit dem Betrachten unerreichbarer Schönheiten, geheimnisvoll und fremd, verband. „Alles gab ich auf, und verlor mich in reiner Wollust und Liebe zu dir". Warum liebte sie mich so abgöttisch und verlangt es auch von mir, sie abgöttisch zu lieben.

Sie flüchtete, versteckte sich, will nicht in den Spiegel ihres wahren Gesichtes sehen. Der Widerspruch, nach den vielen Lovern, immer wieder in die alte Beziehung, zu ihrem Mann, der Sicherheit ausstrahlte, gegangen zu sein, löste sich auch durch mich nicht auf, bliebt wie ein Makel erhalten.

Die Auflösung wäre nur wie im Märchen durch die unabdingbare Liebe gegeben, ohne Wenn und Aber. „Du kommst erst wieder zur Besinnung, wenn du dich für dich entschieden hast, nur du kannst der Maßstab sein, kein anderer, auch wenn sie erzählen wollen, in der Liebe hebt sich alles auf. Ich will mich nicht aufheben. Du und dein Wollen bleiben für dich das Höchste, nicht das Aufgehen in einem Anderen."

Vorbei an dem Bett schlich ich mich, warf mir Hose und Hemd über, setzte mich an den PC und fing an zu surfen in den unendlichen, sehnsuchtsvollen Weiten nachdenklicher, gewissenloser, hübscher fremder Dating Frauenbilder.

Aus dem Schlafzimmer hörte ich nur das verzweifelte Schluchzen ungestillter, nichtsexueller Begierden nach Wärme eines Körpers und dem Versprechen, für immer zu bleiben.

November

Die ersten kalten Nächte verwirrten meinen Körper dermaßen, dass ich nur noch mit zwei paar Strümpfen und einem dicken Pullover am PC sitzen konnte, um Heizkosten zu sparen. Das Laub des Baumes vor meinem Fenster war gefallen und meine Sehnsucht nach Endlichkeit und Körperfühlung, nach Setzung und Heimat, nach Brot und Spielen und Erotik pur, machten in meinem Hirn die Runde.

Wenn ich mich doch nur entscheiden konnte, oder hatte ich mich schon entschieden? Aber für wen?

Welches Gesicht hatte tiefe Furchen in meine Illusionen gegraben, dass es mich wie einen Fluch verfolgte, mich auf Schritt und Tritt, beim Einkaufen, Pinkeln und anderen Tätigkeiten nicht in Ruhe ließ, bisher keines?

Aber, ich schlief doch mit erotisierten Illusionen, ohne sie zu vögeln. Verkehrte in lockeren Gesprächen, ohne zu kommunizieren. Streichelte sie alle, ohne zu sehen. Und das Begehren, war es auch nur vorgetäuscht?

Wann endlich lüftete sich das Geheimnis „ Frau „ für mich, löste sich auf in einem Schwall verlorener Worte und Umarmungen?

Wann endlich wollte ich sagen, ich will dich und nicht, ich kann nicht mit dir sein, ohne an die andere zu denken?

Wann endlich löste ich meine brennenden Finger von der Tastatur am PC, um nicht wie in einem Rausch den Ideen einer anderen weiblichen Illusion nachzujagen.

Wieder nur Bilder, die sich in mein Hirn fraßen, die mich mit Hoffnung überkamen und Gedanken wie leidenschaftliches Feuer entzündeten, andere Bilder von Frauen verbrennend.

Die letzten Nächte und Berührungen mit ihr hatten mich schon fast zum Entschluss einer endgültigen Trennung durch einen Ehevertrag mit meiner Ex gebracht, hatten mich antizipierend zur Ruhe kommen lassen, weil ich nicht mehr suchen musste unter den hunderten von Bildern, nicht mehr abscannen wollte, nicht mehr das Schicksal einer unbefriedigten Nacht herausfordern wollte.

Mein Brief an den Anwalt war geschrieben und sollte alles zum Guten wenden. Auch die Örtlichkeit und die Zweisamkeit, sollten gleichsam veredeln und uns in eins zwingen.

Eine gemeinsame Wohnung, mit Gartenglück und Bauerngarten war geplant in meinem Hirn und vor ihr ausgebreitet und bearbeitet worden. Wir waren uns einig.

Sie schätze meinen Mut, sich meiner sicher zu fühlen und bedankte sich durch gleiches Handeln. Auch sie unterschrieb einen Ehevertrag, ohne zu ahnen, zu was ich fähig sein könnte, ohne zu ahnen, welch gefährliches Scheusal sie immer wieder in sich einführte und begattete, mit Samen bis an ihren köstlichen Mund.

Es war beschlossene Sache, wir wollten es…

Betörende Bilder durchdachten mich und verursachten kleine Sprünge in eine magische Welt der Neutronenspiegelung und Illusion. Bilder von schöneren Frauen, von schöneren Brüsten, nur halb bedeckt, verlockend mit Hoffnung auf Zärtlichkeit und Sehnsucht. Bilder von schönerem Blick mit Aufschlag der Augen, ich bin Dein und halte durch!

Sollte, wollte ich meinen Blick aus dem Fenster in den Garten auf den Baum wirklich verlassen? War es nicht nur Vorwand, um immer wieder ihren Körper zu spüren, um immer wieder in sie zu kriechen, mit Aussicht auf unendliche Bedürftigkeit nach Liebe?

Warum ließ ich nicht los von der Fingerspielerei, von den Gesichtern auf meinem PC, von den in mir erzeugten Gemütlichkeiten nach Weihnachtssternen, Lebkuchen, Nüssen und brennenden Kerzen, alle um den Tisch sitzend und Mensch ärger dich nicht spielend, während „Stille Nacht" aus dem Radio plärrte?

Draußen leiser Schnee, der sich auf riesigen Fichten absetzte und das wärmende Kaminfeuer, in dem Kienäpfel knackten, verbreitete sich gemütlich in der guten Stube. Der Duft von Bratäpfeln zog mir ins Gehirn und erzeugte Wohlgefühle von Geborgenheit und Sattheit. Von sich ankuscheln können an einen warmen Busen und die Hände wurden mütterlich gewärmt.

War es das, was mich nicht ruhen ließ, mich bis ans Ende verfolgte, mich immer schneller im PC nach willfährigen Frauen Ausschau halten ließ? Und wie war ihnen zumute, was suchten sie ?

Die doppelte Lüge war der Betrug an mir, mich nicht zu entscheiden und sie mit den anderen Bildern zu vergleichen.

Gab es doch Eine, die besser zu meinem wohligen Weihnachtsgefühl passte, die mehr noch als andere in das Schema des Wohlseins sich einfügen ließ?

Die erzeugten Fragen beantwortete ich, indem ich unaufhaltsam neue Antworten auf Frauenbilder in den PC hämmerten, auf der Suche nach?

Ich wusste es nicht, aber ich wollte mich endlich entscheiden. Aber konnte es eine Entscheidung auf Dauer geben?

Sie hing an mir wie ein Weihnachtsapfel, und als ich ihre Kinder kennen lernte, zu Weihnachten, glaubte ich schon, mit ihr würde ich in einer neuen Umgebung, einem neuem Anfang und neuen Klamotten, neuer Frisur, im Friseurspiegel ein anderer Mensch geworden sein.

Glücklich und zufrieden, wohlig und vertrauend, hatte mich ihre vorgespiegelte Liebe erzeugt. Oder wollte ich sie überzeugen, bei mir einzuziehen, es würde mir vieles erleichtern und Schreckliches ersparen?

Dezember, der sich wiederholte

Sie zog bei mir ein und brachte ihre Möbel, ihre Klamotten und viele Antiquitäten, die jetzt an meiner Wand ihren Platz fanden. Ein gemeinsames Bett, mit gemeinsamen Nächten, ohne Nachthemd, um die Wärme der Haut direkt aufzunehmen, um ihre umschlingenden Arme als nacktes Anhängsel der Nacht zu spüren.

Gemeinsames Vögeln, Duschen, Zähneputzen, Pinkeln. Der Tee als gemeinsame Zeremonie des einen Morgens, wenn sie mit einem Lächeln auf den Lippen, sich mir zum Gruße küssen ließ, und ich über die unausgepackten Möbelkisten stolperte, die immer noch ihrer ordnenden Hand harrten.

Wenn sie aus dem Moloch Büro kam, hatte ich schon den Tisch für das Abendessen gedeckt. Nach ihren Anweisungen gekocht, mit gequirlter, Warmwasser aufgebrühter Suppe, um nicht die Vitamine zu schädigen, rohen Wurzeln und einem abgeschälten Rettich, der ohne Salz, weil schädlich, sich mir entgegenwürgte.

Ich sah sie an und verstand sofort, nur so konnte ich sie halten, nur so, mit Grasssuppe und roten Beeten, natürlich und roh. Mit gekochten Kartoffeln, als Ausnahme, die mit einer Jogurtsoße an Quark mit Schafskäse gereicht wurden.

Fisch bitte nur gedünstet und sonst nur roh, damit ich frisch bliebe, wie sie meinte, damit ich ihr erhalten bliebe, weil sie mich liebte.

Meine Aktivitäten des Sitzens in Kneipen und Cafés, Freunde zum Abend auf ein Bier, Lesestunden vor dem Fernseher waren vorbei, weil Schlingarme, mich mit wohligem Schnurren immer wieder auf Gefühle zurückwarfen, die sie mir gegenüber hatte und mich in Demut banden.

Und ich ließ es zu. Verbrachte alle Zeit mit dem Betrachten und Streicheln ihres Körpers und aller Körperöffnungen, bis hin zum gemeinsamen Orgasmus, der uns wie eine Ewigkeit vorkam. Die Wohnung war vom Geruch meiner Ex befreit, obwohl sie immer wieder vor blinden Flecken gelebter gemeinsamer vierundzwanzig Jahre Eheerfahrungen verstummte, innehielt und mit ihren kleinen Nüstern den Geruch von vierundzwanzig Jahren Ehe mit meiner Ex einsog, ohne eine Wort zu sagen, sich wie ein Hund schüttelte und sich wusch, und mich gleich mit unter die Dusche zerrte, um gemeinsam zu vergessen.

Der Rausch unser Körper machte mich trunken und leicht zugleich, meine Seele lechzte nach Vergeltung für Frust und Demütigung mit meiner Ex und wir lebten unsere Gefühle in einem seligen Vergessen aus, was für sie genau zu diesem Zeitpunkt auch den Abschied von ihrem Ex erleichterte.

Oder war ich nur ein weiterer Lover auf ihrem Wege weiter von sich weg, auf ihrem Wege in das Klosterlabyrinth?

Die mitgebrachten, zerbrochenen Engel aus Gips, wollten unter meinen Händen sich nichtzusammenfügen, sperrten sich gegen den Klebstoff, der nicht hielt.

Einer ihrer Spiegel verlor seine Fassung und stand jetzt als Willkommensgruß im Flur. Und auch das mitgebrachte Designersofa, verlor aus der Rückfront ein Teil seines Innenlebens, vermischte sich mit Spinnenweben, die aus ihrer ehelichen Wohnung den Sprung zu mir gemacht hatten. Wenn nicht ihr Körper mich meinen Ehefrust vergessen ließe?

Am Abend saß sie vor ihren Akten, während ich mit dem Aufbrühen von nicht gekochten Suppen beschäftigt war, Nüsse aus ihrer Ummantelung pulte, zu rohem Matjes mit Pellkartoffel, ihrer Lieblingsspeise, servierte.

Wir hatten lange keine Freunde zu Besuch gehabt, weil wir in einem engen Kreis nur uns selbst genügten, unsere Beziehung auf uns fixieren wollten, nur mit uns eins wurden.

Oder? Manchmal kam schon ein Anruf, der mich ins Café forderte, aber mit einem Seitenblick auf das frische, nur der Sonneneinwirkung verpflichteten Gemüse, stellte ich auch meine Café besuche ein.

Stellte mich nur ihren Lustwünschen und Bedürfnissen zur Verfügung und genoss es, wenn sie mich an meinen empfindlichen Stellen unterhalb des Bauchnabels streichelte und liebkoste. Dann vergaß ich, wer ich sein wollte und vergaß, wie mühsam ich mich den Eßgewohnheiten einer vegetarischen Küche näherte, der ich auch schon mal eine gekochte Suppe und einen Lammbraten entgegenfieberte.

Aber, hier waren nun andere Prioritäten zu setzen, es ging um neue Erfahrungen, um wahre Liebe, und ich wollte mich nicht gegen die Grasphilosophie sperren, die, nur durch Sonneneinwirkung, alles Gesunde in mir stärken und beleben sollte. Sie hegte und pflegte mich, verzauberte mich mit ihren süßen Brüsten, aus denen längst keine Milch mehr floss und hielt mich wie einen Pudel an der kurzen Leine.

Und ich ließ es zu, verweigerte mich nicht, weil meine Potenz im Bett mit aller Kraft zurückgekehrt war und ich mich mehrmals am Tag in sie ergießen konnte.

Der mitgebrachte Marmortisch war an einer Stelle abgeplatzt und ich sollte nach ihrem Willen einen Lack oder einen Handwerker besorgen, der ihn reparierte und ich versuchte mir vorzustellen, wie es wäre, wenn ich zu ihr sagte „Das ist dein Tisch, bitte mach es selbst!"

Dieser Gedanke erschreckte, und so fügte ich mich und rief einen Freund an, der den Tisch reparieren wollte. Ich scheute den Konflikt mit ihr.

„Bloß keinen Konflikt!

Bloß nicht ihre Umgarnung und zärtliche Leckung verlieren. Lieber Unterordnung. Nur nicht aufmucken".

Ich stelle meine eigenen Bedürfnisse ihr zuliebe zurück, verneige mich vor ihrem Mut, bei mir eingezogen zu sein, verneige mich vor ihrer Größe, trotz meiner vierundzwanzig Jahre Ehegeruch, mit in meinem Bett zu schlafen.

Welch eine Frau?

Meine Selbstvergewaltigung ist der Schlüssel zum Erfolg unserer Liebe. Also: nur rohes Essen, kein Kochen, nur reine Energie, nur Dünsten,. Liebe ist…, Ernährung und Religion, eine saubere Mischung.

„Wann willst du dich scheiden lassen?", war ab und zu eine Frage an mich, der ich mich dann, in einem Netz von Widersprüchen gefangen fühlte, und wieder, in Stunden der Ruhe, wenn sie aus der Wohnung war, an meinem PC nach neuen Frauen suchte.

Dem Gefühl nach explosiver Neuheit und dem Reiz des verfänglichen Dufts nach weiblicher Ausstrahlung und Heftigkeit nachzuspüren.

Ich entzog mich nachts des öfteren ihren schlangenförmigen Umarmungen, um den Bildern von blonden Schönheiten mit Profilen unaussprechlicher Wünsche wieder einen breiten Raum zu geben, ohne zu ahnen, welche Gehirn - und Verbalakrobatik ich ihr gegenüber vollziehen musste, sie mit fremden Bildern in meinem Kopf zu betrügen.

Januar, der sich wiederholte

Sie hatte meine Wohnung besetzt mit dem Geruch von Pastellfarben und Weihwasser, mit ihren Kisten und Tüchern, und Kissen für die Nacht, mit ihren Salaten auf der Fensterbank, rohem Gemüse und selbstgebackenem Brot, das nur mit einer Paste aus Olivenöl und Creme Freche bestrichen werden durfte.

Ihre Gegenwart verlieh mir innere Beruhigung und Angst, Widerstand und Genugtuung. Eine Frau erreichen zu können, die mich, wie sie sagte, liebte und die ich, wie ich sagte, liebte. Oder war es nur ein Ausdruck innerer Ängste vor einer weiteren Suche?

Ich ließ ihre Umklammerung des Nachts im Bett zu, ohne Unterhose, von wegen Haut an Haut.

Ließ mich auf ihre Anweisung hin in Stellungen sexueller Verwirrungen bringen, die mir sonst nur aus Pornobildern bekannt waren, die ich aber genoss, weil mein Körper sich mehr und mehr auf sie einließ.

Und doch verwirrte mich mein Hirn mit Bildern fremder, schöner Bilder von Frauen, die alle nur auf mich warteten. In die ich mich nur zu verlieben brauchte, um nach einem Kontakt, sofort mit ihnen in die Kiste zu springen.

Aber; wollte ich das? War es nicht so, dass ich jetzt durch die Gegenwart von ihr in meiner Wohnung, in meinem Badezimmer, das geräumt wurde von männlichen Utensilien, mich auch eingeengt fühlte? Mich immer wieder in Fluchtgedanken zu anderen Frauen befand?

Wenn Nachmittagstee an ihrem Marmortisch, der in der Mitte des Wohnzimmers stand, eingenommen wurde, und sie mit ihrer Hand gebieterisch meinen Nacken streichelte und sie befehlend meine Hände während der Umarmung um ihren Nacken legte, während Bach aus dem offenen Fenster in die winterliche Landschaft musizierte, dann fühlte ich meine männliche Kraft sich in sie verschwenden, nutzlos, hilflos wie ein Kind, mich hingeben.

Sie war fordernd und kaufte mir Designer – Klamotten, die vom Preis her eine Nummer zu groß waren. Sie fand, ein Mann wie ich, in meinem Alter sollte jugendlich, frische Klamotten tragen und nicht in Altemännercordhosen herumlaufen.

Sie wollte einen Mann, formatig und straight, intelligent, wegen der Symmetrie und Ausgewogenheit, gefühlsecht und zärtlich, willfährig ihrem Frausein ausgeliefert. Sie wusste immer, was sie nicht wollte.

Konnte ihren Mann seit Jahren betrügen, hatte keine Beziehung zu ihm, und versuchte sich aus der Ehealltäglichkeit herauszukatapultieren, um jetzt das Maß aller Männer in mir gefunden zu haben.

Der grüne Tee schmeckte bitter. Ihre Küsse an meinem Mund forderten meinen Körper zu Höchstleistungen und Potenz heraus.

Ob im Bett bei mir im Schlafzimmer, wo ihr Designerbett als Thron sexueller Vollendung nach meinem Körper, nach meinem Schwanz schrie, oder in der Dusche, unter der uns als gemeinsames Wasservergnügen, die Wärme austretender Körperflüssigkeiten entgegen sprang. Immer war ich willig zu Diensten.

„Du solltest mit Tennisspielen aufhören, weil ich dich brauche, du für mich da sein musst."

„Deine Freunde müssen warten, weil wir jetzt erst einmal uns aufeinander einlassen müssen."

„Deine Familie kann warten weil wir jetzt erst einmal unsere Psyche, unser inneres Kind finden müssen!"

Ich glaubte ihr, Vertrauen hatte ich nicht, weil die Worte sich nicht mit der Handlungsgegenwart paarten, und das Wort von dem Zukunftswollen auf sie bezogen bei mir nur einen faden Beigeschmack erzeugte.

Wir bewegten uns in der Ausschließlichkeit und Enge unserer Liebe, lasen zusammen Hauptmann, Heine, Eichendorff und deren Liebesschwüre, fanden uns bestätigt und einmalig.

Ihre Kochkünste beschränkten sich darauf, mich hungrig nach Gebratenem, Gebackenem, Gekochtem zu machen. Nur Rohheit des Grases vermochte mich nicht zu sättigen.

„Ich will dich für mich gesund erhalten, will die Urzeit Therapie mit dir gemeinsam leben, will mit dir alt werden, will deine Frau sein, aber nur, wenn du es willst, und mich zu deiner Vertrauten machst! Sonst verlasse ich dich!"

Ihre Zungenspitze durchforstete meinen gespeichelten Mund, tastete sich auf den Lippen an den Rand des Bartes und ihre Hand verweilte an meinem Schwanz, der gierig sich nach außen drängte, während meine Hand sich ihrer Brust unterhalb ihres T-Shirts näherte, leicht ihre Zwillinge zwirbelten und meiner Lust nach mehr Vorschuss leisteten.

Ein Kälteschauer erfasste mich bei dem Gedanken an die bevorstehende Nacht mit ihr, unbekleidet, nackte Haut gerieben an Haut, und Schweiß der Poren sich vermischend mit den Körpersäften. Enge und Demut, Embryo – Haltung und Kurzatmigkeit, Schlaflosigkeit und Armeinschlafen wechselten mit Tagerwachen und Abendmüdigkeit.

Selbst am Tage verfolgte mich ihr Blick ohne ihre Anwesenheit. Keine Ausflucht, keine Ausrede, nur Bestehen auf Dasein und Gegenwart.

Hatte ich mich doch freiwillig in das Seelengefängnis von selbst gefundener Liebe eingefunden. Glaubte ich doch, einen Weg mit ihr gehen zu müssen, um nicht wieder als Versager in Beziehungen da zu stehen.

Wollte kein Verlierer am Ende sein, ohne die Partnerschaft als höchstes Glück vermeintlich bürgerlicher Setzungen erfahren zu haben. Wollte um die Beziehung kämpfen, es würde schon anders, wenn erst einmal die Phasen des Verliebtseins vorbei waren und der Alltag uns wieder hätte, doch wann hatte er uns wieder?

Meine Tasten hasteten unter meinen Fingern und brachten mich in die Verliebtheitsphase jeden Glücksanfangs zurück. Zeigten mir die hübschen Gesichter, die mir Hoffnung und Trost, die real und unwirklich zugleich waren.

Sie war zum Einkaufen, während ich ungelesene Mails von ungeliebten Frauen wegklickte. Bilder im Papierkorb verschwinden ließ und mich vom Hirn verzweifelt angetörnt, auf den inneren Weg der Verliebtheit in ein Foto bringen ließ.

Die Gesichter auf den Fotos verschmolzen zur Unwirklichkeit, machten mich trunken vor Lust, ließen alles und nichts zu und versuchten nicht, mich in Designer – Klamotten zu stecken, mich mit lauwarmer bebrühter Suppe aus rohen Gräsern zu besänftigen, während mir der Magen nach einem Stück Kassler knurrte.

Ohne Gegenwart konnte ich mich der Hoffnung von Geborgenheit bei diesen Bildern hingeben, konnte meinen eigenen Visionen als Projektionen verlorener Kindheit nachtrauern und verweilen.

Keine Kontrolle, keine Erhebungs- und Umarmungsbefehle kamen über ihre hübschen Fotolippen, keine Versuche einer erzwungenen Nähe, die mich in die Abwärtshaltung zwang.

Nur wegklicken oder nicht?

Es war immer für mich die Frage, was törnte mich an, ihnen zu antworten, sie an zu mailen? Nur das Gesicht, die Zähne, der Mund, die Form der Haare?

Und neben mir lag in enger Stellung ein schwellender, weiblicher Körper, den ich nicht ertragen konnte. Die Umschlingung ihrer Arme, gerade nachts, wenn draußen aus der Kneipe nur lallende Geräusche von Besoffenen durch das leicht geöffnete Fenster hallten, die nur von Schneetritten gemildert wurden, machte mir angst.

Ein fester Schlaf ließ mich zur Ruhe kommen, während sie sich wie eine Ertrinkende an mich klammerte. Und wieder war mein Arm eingeschlafen.

Februar, der sich wiederholte

In meinen wirren Träumen, die mich bis in den frühen Wintermorgen verfolgten, den nächtlichen Erguss in warmes weiches Fleisch, das krallig sich mit angezogenen Knien in meinen Bauch stemmte, noch halbschlafig miterlebte, sang draußen vor dem Fenster eine Kettensäge. Äste fielen, ein Stamm verendete unter wuchtigen Schlägen einer Axt. Traumgebilde? Ende?

Die zaghafte Helligkeit zog wie eine Welle sich an ihrem makellosen Körper hinauf bis in ihre Spitzen des gelockten, blonden Haares, während sich mein Gehirn in Halbträumen erging.

„Wir sind nicht des anderen Besitz, sondern eigene Menschen, ich gehöre Dir nicht. Entscheidungen werde ich selbst treffen. Ich gehöre mir, und alles, was ich in mir und für mich entwickele, macht letztlich auch andere reicher"

Wie Singsang laugten diese Sätze einer weisen Frau in meinem Hirn mich aus, verätzten meine Seele und taten mir so gut in der Abwehr ungelöster Kindheitserinnerungen.

Dieses frauliche Geschöpf, das mich Nacht für Nacht in sich kommen ließ, mir Schutz bot und gleichzeitig Enge forderte, das mich umschlang mit lüsterner Begierde und gleichzeitig die Welt von mir fernhielt, das mich an sich fesselte mit moralischer Schuld, und gleichzeitig ihr Kindheits ich nicht zügellos umherirren ließ, war Kind und Hure zugleich.

Keine Streiche, keine Spiele, nur Gehorsam und Strenge. Kein Vertrauen, nur blindes Befolgen. Ich spürte diesen Widerspruch in ihr und ließ mich trotzdem von dem nixenhaften Zauber weiblicher Verführung treiben und löste somit den Schwur ein, mich nicht fallenzulassen in weibliche Liebe.

Sie hakte ihre schmalen, haarlosen Beine in meine Schenkel, verknüpfte ihre läufigen Hände mit dem zwischen meinen Lenden liegenden Gemächte, das steil sich ihrer leicht geöffneten Scham entgegenreckte, und versank mit ihr im Taumel des Wintermorgens unter dem Gekreische einer

Baumsäge, die den Höhepunkt als Fastschmerz mir bewusst machte. Kein Traum? Meine Gedanken schweiften in die Datenbank des Pc`s.

Wir trafen uns weil das Bild mütterliche Gefühle in mir auslöste, Sinnlichkeit versprach und mit einem trickreichen Lächeln um meine Gunst, nicht weg zuklicken, buhlte.

Wir trafen uns vor dem Café, begrüßten uns wie zwei alte Freunde, verschmolzen unsere Körper ineinander und tauschten errötend Blicke voller Begierde aus.

Die Sätze mit ihr im Café fielen wie Tropfen in unsere Gehirne und vermehrten die körperliche Anziehung, uns gegenseitig in den Arm zu nehmen, zu weinen, weil der Abstand nicht zu überwinden war. Trotzdem wollten wir es, weil die Zeit uns drängte.

Weil jeder Zug unseres Lebens nach einem Bahnhof strebte und wir jetzt, hier im Café die kleinen Kinderhände streichelten.

Wie damals, als unsere Mütter uns in Windeln wickelten, uns herzten und küssten, liebevoll, annehmend, tröstend, verstehend, und wir heute so tun müssen, als lebten wir nur in einer Welt der Erwachsenen und Eltern ,nicht aber in einer Welt der Kinder, die wir nur wieder in unserer Sexualität ausleben dürfen. Nicht aber im täglichen leben.

Wir verließen das Café Arm in Arm. Ihr Gesicht war mir mit einem fast durchsichtigen Blick voller Winterröte zugewandt. Ich küsste sie auf den feuchten Mund, mit einer Spur meines Speichels. Benetzte mit meinem Speichelfaden ihre tiefblauen Augenlider und wir verschwanden in den dämmrigen Straßen.

Eine Katze schmiegte sich launig an meine erkalteten Beine, bis ich meine Decke ob der Kälte wieder über mich und den unter mir liegenden weiblich, fesselnden Körper zog.

Wir lagen in dem halbhellen Licht winterlicher Sonnen, wärmten uns am vergossenen Samen und intimer Vereinigung und sehnten uns nach einer warmen Dusche, die uns von den Fesseln durchlittener Lust befreien sollte.

Meinen Traum im Nacken, langte ich ihr ein Handtuch, schmierte mit einer Hand meinen samenbesprühten Bauch, um nicht den Fußboden zu bekleckern und verschwand im Badezimmer unter der Dusche. Das warme Wasser rann verzweifelt an meinem geschundenen Körper herunter und blätterte mich ab. Wie einen Weihnachtsbaum, der Nadel um Nadel verlor.

Die Geschenke waren geschenkt, die Lichter heruntergebrannt und das Wachs hielt nur noch Einzug auf dem Parkettboden, das nun auch von den rötlichen Tränen des Baumes gesäubert wurde.

Was geht in mir vor, warum lasse ich dieses alles zu? Eine Frau in meiner Wohnung, Klamotten in meinem Schrank, weibliche Utensilien in meinem Bad?

Wo ich gehe, wo ich stehe, begegnete ich ihren Ausdünstungen und Verwerfungen, ihren unordentlichen Ausdrücken gewollter Vernetzung und Gefangennahme.

Das warme Wasser machte mir Mut, beseelte mich.

Ich werfe dich raus!

Wie einfach war mein Leben, als meine Ex noch in mir, mit mir und unter mir wohnte. Wie liebevoll in der Erinnerung saßen wir sonntags zusammen und plauderten über Gott und die Welt.

Sie wollte nichts von mir, ich wollte nichts von ihr. Sie machte ihr Ding, ich machte mein Ding. Wir wohnten zusammen, aßen zusammen, vögelten zusammen und sprachen zusammen, verreisten zusammen und stritten zusammen, jeder für sich.

Und ab und zu war ich ihr großer Bruder oder Vater, der zärtlich, mitfühlend, verständig ihr über die blonden Haare strich. Ermunternd sprach und sie tröstend in den Arm nahm, während sie als kleines Kind sich an meiner väterlichen Brust austoben konnte. Wie Bruder und Schwester im höchst angenehmen Inzestgetue verhielten wir uns.

Und warum ist sie dann mit einem Buddhisten abgehauen, warum hat sie mich hier mit meinen Nachtchimären und

Dating – Bekanntschaften, mit einer neuen Frau, die mich wie eine fleischfressende Pflanze in sich aufsaugen wollte, alleine gelassen? Warum hatte sie mich nicht beschützt, mich weiterhin als ihren Vater und Bruder betrachtet? War ihr das zu wenig oder zuviel?

Meine körperlichen Sehnsüchte vermochte ich zuletzt nicht mehr mit einem Gefühl innigen Verlangens und Liebe, wenn es schon Bedeutung haben sollte, auszuleben.

Ich war in eine Parallelwelt entschwunden, aus der mich keine Frau je würde befreien können. In eine Welt, die über den Klick sich mit Unmengen von Weiblichkeit umgeben konnte. Dem Gefühl von männlicher Allmacht und Erfahrung. Sich nicht und niemals voll darauf einlassen zu müssen, immer nur den Anschein leben. Nicht wahrhaftig sein.

Die Achtsamkeit und das Gewahrsein wurden zum Spiel mit dem Nichthaben und der von mir geschaffenen Wirklichkeit. Frauenkörper mit Begierden, Wünschen und Haltungen.

Ich stellte das Wasser der Dusche ab. Würde ich jemals wieder alleine leben können, oder hatte ich nicht den Mut dazu in meinem Alter noch einmal das Wagnis junger Studentenjahre zu erleben?

Meine Finger cremten mit Melkfett über meinen schlanken Körper, der nicht mehr voller Feigheit nach Fleischnahrung schrie, sondern sich mit Fisch, Gemüse und rohen Säften begnügte.

Ich hielt meinen Schwanz in den Spiegel. Er, der sich immer wieder erholte von den angenehmen, erektilen Veranstaltungen der weiblichen Nächte. Er, der bisher immer losgelöst als Einzelwesen, nur meinem Nichtwollen ausgesetzt war, und abhängig von dem Nichtwollen zärtlich gespürter Frauenhände sich vergrößerte und verkleinerte.

Sich hinein begab, und sich nicht nur aufs temporäre Penetrieren verstand, sondern den fraulichen Körper als Instrument weiblicher, männlicher Versuchung und Lust bespielte.

Das Frühstücksei war fertig, als ich aus dem Bad kam, das Brot duftete nach Bauernerde und Haftung, bäuerlicher Backkunst. Der Tisch war mit Blumen und frischem Tee eingedeckt, die Tomaten aus Ökoland waren mit Gräsern verziert und die Brühsuppe dümpelte vor sich hin.

Eine geschmackvolle Umrahmung genügte, um den Abstand zwischen ihrem warmen Körper und meinen Nachträumen wieder herzustellen, ich goss mir grünen Tee ein.

März, der sich wiederholte

Dating war für mich wie das Betreten eines Zimmers, in das ich meine Bildprojektionen verfügbarer Frauen aus dem Internet hineinließ, um mich mit ihnen zu vergnügen, mich zu paaren, mich als Endpunkt harmonischer Gemeinsamkeit zu empfinden.

Frauen bauen ein Haus, in dem ein Zimmer immer für den geliebten Menschen offen ist, Männer bauen ein Haus, in dem die Türen immer verschlossen sind, je nach Bedarf wird eine Tür auf und zu gemacht.

Meine nächtlichen Datings nahmen ein erschreckendes Ausmaß gewöhnlicher Gewohnheit an. Die Bilder flatterten durch mein Hirn, vernebelten die Wirklichkeit und kratzten nicht einmal an der Oberfläche der Kommunikation bei einem gelegentlichen Treffen mit einer Frau, einem Mädchen einem Menschen.

Zwei Fremde blickten sich prüfend an, maßen ihr Äußeres nach konventionellen und erfahrenen Vorgaben und versuchten in einem Gespräch Gemeinsamkeiten und Differenzen auszuloten, sich zu nähern den empfindlichen Beweglichkeiten des bisherigen Lebens. Und kamen sich doch nicht näher.

Wie Igel liebten sie den Zauber der Nichtvereinigung und des Wollens. Prüften den Duft des anderen und stellten fest. Wieder nur ein dunkles, abgeschlossenes Zimmer. Wieder nur die Hülle geliebt. Nicht den Mut gehabt, sich für oder gegen sie oder ihn zu entscheiden.

Die Tasse Kaffee, das geschenkte Steak, die Theaterkarte für den gemeinsamen Abend nur missbraucht, aus Angst, alleine zu bleiben? Und warum das?

Ich hatte ihre fürsorgliche Nähe nicht mehr ertragen, ihre mütterliche Umarmung, ihren prosaischer Hang, mich verändern zu wollen, mich aus meiner vermeintlichen Tumbheit zu erlösen. Und doch vermisste ich sie, obwohl die Dünnsuppen und die Rote Beete, die Pellkartoffeln und der rohe

Fisch, die Nüsse am frühen Morgen und das Müsli mir nicht immer wie Liebesbeweise vorkamen.

Die Wohnung stand wieder im Sonnenlicht des erkalteten Märzes leer und öde im Abseits.

Meine Sucht nach Nähe zog sich zurück auf Dating und Ausblick einer neuen Freundschaft, eines neuen Treffens, einer neuen Hoffnung.

Nachts lag ich wach und küsste ihren warmen, wohligen, weiblichen Leib, der duftend von einem Hauch Chanel umgeben, sich willig mir entgegenstreckte. Und ich wollte nichts von ihr, weil in meinem Kopf nur Platz für die Suche, für einen Weg nach etwas war, das mich meinen Körper vergessen lassen konnte.

Die Sehnsucht nach meiner Mutter, die niemals ihre Hand schützend auf meinen Bauch gelegt hatte, sondern nur fordern mich ins Nichts zurückstieß.

Sie war wieder zu ihrem Mann zurückgezogen, hatte mir zum Abschied einen Brief geschrieben.

„Mein Lieber, ich bin nicht in deinem Herzen, sondern nur in deinem Bett, bin nicht ein liebenswerter Teil von dir, obwohl ich immer nur dich beschützen wollte vor dir selbst und deinem männlichen Dummheiten. Also, ich gehe zu meinem Mann zurück, weil du meine Angebote nicht ernst genommen hast, und damit mich als Frau, Geliebte, Mensch auch zurückgewiesen hast. Jeden Tag und jede Nacht hatte ich Bedürfnis nach: Verständnis, Emotionaler Intelligenz, Armen, Liebe, Nähe, Verlässlichkeit, Haut, Ansprache, Sprache, Hände, Fürsorge, Phantasie und Realitätsbezogenheit.

Du solltest dich fragen, warum du Co-Abhängigkeit meiner Liebe zu dir vorziehst? Warum du keine klaren Ansagen machen kannst und Lügen erfinden musst, während du bei mir abständig bist? Du hältst Menschen in Abhängigkeit, hinter einem Gatter, und fütterst sie mit Nüssen und Wurzeln.

Ohne sie kannst du nicht sein! Ziehe das Gatter hoch, lasse sie frei! Lebe und liebe unabhängig von ihnen. Gib deinen egoistischen Kral auf! Ich gehe, wer weiß? In liebe …"

Der Brief lag auf meinem Sofa. Die ersten kalten Märzsonnenstrahlen blickten ihn an und versuchten mir die Öffnung zu erleichtern.

Von meinem PC aus sah ich in den Garten, sah die Katze in den ersten Sonnestrahlen sich räkeln, die Pfoten von sich streckend, und gähnend einen Luftzug verschluckend. Langsam spannte sie ihren Katzenkörper in einen Bogen und tappte sich vorwärts einer Maus oder einem Kater entgegen.

Meine Hand lag auf der Tastatur und hämmerte mit den Fingern Sätze der Verzweiflung, der Sehnsucht und Schmerzes ob dieses Verlustes in die Tasten, um neue Treffen mit weiblichen Menschen zu arrangieren, zu ermöglichen, zu realisieren.

Wege gegangen, getrennt, verschoben, vorbei, abgehakt, weggeklickt.

Ein Fehler, sie bei mir einziehen zu lassen, ein Fehler, der mich auf mich selbst und meine selbstzerstörerische Sehnsucht nach dem Mütterlichen zurückwarf.

Die Profile mit den Bildern rauschten in mein Hirn und ließen mich meine innersten Gefühle vergessen.

„Langsam werden die Nächte wieder kürzer, und was gibt es da am Abend Schöneres, als diesen mit einem lieben Partner zu verbringen bei einem Gläschen Rotwein und Kerzenlicht – ich kann mir nichts Schöneres vorstellen. Also versuche ich dich hier im Dating zu finden wenn du auch über eine gehörige Portion Witz und Esprit verfügst? Ich lache sehr gerne! Und Tanzen, einfach mal eine Nacht abtanzen. Saunieren oder einfach nur einen Tag abhängen – mit vielleicht einem netten Buch über das wir uns austauschen könnten? Und dann gibt es noch Theater, Weinfeste, Konzerte ... Was ich NICHT suche sind: ONS.

Und was ich sehr schätze an einem Menschen sind Ehrlichkeit und Treue! Und warum bin ich hier gelandet? „So viele Internetbekanntschaften können nicht irren!", sagte meine beste Freundin. Und da habe ich mir gedacht, was die können, kann ich auch.

Beim Einkaufen hatte es nicht geklappt und beim Gassi gehen auch nicht. Ich suche einen lieben, humorvollen, ehrlichen, treuen und im Herzen jung gebliebenen Mann.

Ich liebe Wasser, Wald und Wiesen, und auch die Stadt. Ich lese gern und gehe ins Kino. Frage mich, wenn du mehr wissen möchtest. Ich freue mich auf deine Mail. Ich hoffe doch, dass ich eine bekomme?!"

Ihr blond gewelltes langes Haar hatte etwas von einer göttlichen Venus und Versuchung an sich. Ihre sittsam nach vorne gespreizten Hände etwas von einer vornehmen Zurückhaltung nichts sagender Schüchternheit.

Mit einem Wimpernaufschlag gepaart, heftete ich mich an ihr Profil und eine Mail war schon geschrieben. Als Kopie an einige andere blond gelockte Weiblichkeiten, die mich nun in freudiger Erwartung auf Erwiderung in dem kleinen Zimmer mit Blick auf den Baum und eine nichtvorhandene Katze zurückließen.

März, der sich wiederholte mit Fragen

Wie ging es mir, der ich in den Datingwelten träumte, weil zwischen meiner Ex und ihr, die gegangen war, ein Unterschied wie Tag und Nacht bestand. Wie zwischen Eis und Regen. Brauchte ich beide, oder konnte ich auch alleine sein?

Meine Internetsucht ist Projektion und Buch zugleich, ich halte es für egomanisch. Aber, noch liebe und liebte ich, auch wenn eine Frau mir sagte, ich könnte mich gefühlsmäßig nicht auf Frauen einlassen, auf Männer vielleicht?

Auch so musste ich sterben, zumal ich zum Leben nicht mehr Lust hatte, nur um zu erkennen, welche Frau zu mir passte?

„Du machst endlich eine Ansage wegen deiner Frau, von der du nicht loskommst."

„Sie ist mir zu unordentlich, sie will meine Scheidung sofort, den Verkauf des Hauses sofort, wie wäre es, wenn sie sich scheiden ließe?"

In Gedanken wollte ich erst einmal mit Katrin und Lotte vögeln, um zu sehen, wie andere Mösen schmecken.

„Ich kann auch alleine bleiben!"

Meine Mutter starb.

Ich sah vom Strand aus zu, wie Ebbe und Flut noch funktionieren. Doch, es ging was!

„Wie wird es in mir sein, wenn ihr letzter Atemeinzug und Atemauszug getan ist? Sie nur noch liegt, ohne Berührungsvermögen?"

Ich nahm es vorweg und wollte es an der Realität überprüfen, wollte sie auf dem Totenbett fotografieren.

Inmitten eines Traumes erwachte ich. Ein Techniker von Radio Okerwelle, mit dem ich im Studio eine Aufnahme über Dating machen wollte, hatte meine Schwester C. hinten auf seinem Fahrrad eingeklemmt. Sie lebte noch. Der Himmel spannte einen großen Bogen über die Acht. Zwei Projekte, das Tagebuch und meine Träume.

Verzweifelte Traumsprüche. „Ich verleugne mich, Ausflüchte, nichts Genaues. Ich liebe dich nicht mehr, oder doch? Komm zurück in mein Zimmer unter meine warme Decke! Unendliche Gefühle, voller Sehnsucht. Verewigte Kommunikation mit dir."

„Ich fühle mich von dir mies behandelt. Alle anderen sagen mir auch …

Trenne dich, mach endlich Schluss, du gehst kaputt! Liebst du mich nicht mehr?"

„Du entziehst dich mir, gehst zu deinem Mann zurück!"

„Wenn du ein Planschbecken in deinem Garten hättest, würde ich wieder bei dir einziehen! Hast du ein Planschbecken in deiner Wohnung? Darf ich bei dir einziehen?"

März, der sich wiederholte mit Antworten

Warum konnte ich sie nicht aus meinem Hirn bannen, warum beantwortete ich Fragen, die als Antworten keine Fluchtmöglichkeiten ließen, die sich mir selbst als Antworten nicht genügten?

Sie kam aus einer großbürgerlichen Sozialisation, heiratete früh, Kinder, und liebte ihren Mann so wenig, dass getrennte Schlafzimmer sichere Anzeichen waren.

Schule, Arbeit im Büro und Lover, unsicher im Suchen nach der großen Liebe. Und nun traf sie mich, der ich sie so aus der Bahn werfen sollte, wie ein Bumerang im blauen Himmel. Angenommen und angekommen, glaubten wir. Trügerische Hoffnung und schmerzvolles Verlassen.

Sie zog bei mir ein. Zu eng.

Sie zog aus, ich bedrängte sie! Zog wieder zu ihrem Mann. Wieder in die Einsamkeit ihres Herzens. Die Enge und Distanz für uns waren nicht erfahrbar. Wenig Raum für Kreativität und Gestaltung.

Ihre Worte „Ich brauche immer deine Ansprache!". Bereiche der Nähe und Distanz. Nicht zusammen ohne zu trennen. Wünsche in mir ohne Sicherheit der Erfüllung.

„Wenn ich mich zwischen zwei Frauen entscheiden müsste, würde ich Feigling mich für Sicherheit und positive Erfahrungen mit ihr entscheiden. Würde niemals springen in das Unheil nicht verstandener Gefühle. Wie tief auch Liebe immer geht, sie darf nicht zur Selbstverleugnung führen.

Zeit und Vertrauen sind unauflösbar miteinander verwoben, aber wehe, es geht dir ein Teil verloren, du gibst für die Liebe deine Identität auf, dein Selbst, dein Ich, dann hat etwas anderes von dir Besitz ergriffen, gegen das du dich nicht wehren kannst." So geschehen in der ersten Phase der Beziehung zu IHR.

Alles gab ich auf, und verlor mich in reiner Wollust und egoistischer Liebe. Warum liebte sie abgöttisch und verlangte es auch von mir, sie abgöttisch zu lieben.

Sie flüchtete vor sich, versteckte sich, wollte nicht in den Spiegel ihres wahren Gesichtes sehen. Sie verließ sich zu sehr auf ihre jeweiligen Partner. Erwartet alles von ihnen. Erschwerte sich durch sie ein Teil von Unfreiheit. Was sie merkte und wütend machte.

Suchte etwas in dem Anderen (Du bist so passig für mich) was sie erst einmal in sich selbst finden müsste. Die Anderen sollten ihr geben, was sie suchte. Und was gab sie?

Der Widerspruch, nach dem Rausschmiss, wieder in ihre alte Ehemannbeziehung gegangen zu sein, die sie wie eine Pelle abstreifen wollte, löste sich nicht auf, blieb wie ein Makel erhalten. Eine Auflösung des Rätsels wäre nur wie im Märchen durch die unabdingbare Liebe gegeben, ohne Wenn und Aber.

Besinnung als erfundene Wirklichkeit wird eintreten, wenn du dich für dich entschieden hast. Nur du kannst der Maßstab sein, kein anderer. Auch wenn sie alle erzählen, in der Liebe hebt sich alles auf. Ich wollte mich nicht aufheben.

Ich und mein Wollen blieben für mich das Höchste, nicht das Aufgehen in einem Anderen.

Ein gemeinsamer Phasenraum, auch mit Anderen, und nicht Abschottung durch Liebe, ist als Bereicherung zu erfahren, nicht als Bedrohung zu spüren. Lasse ich dieses durch mich hindurchgehen, ist es keine Belastung, sondern eine Bereicherung.

Ich erkannte endlich die Frau hinter dem Wächter, der bisher den Blick auf sie zu verhindern suchte.

„Alles muss roh gegessen werden, sonst verliert es die Energie! Nur dünsten! Liebe, Ernährung, Religion, saubere Mischung!"

Die Radikalität des Denkens und die Nichtradikalität des Handelns.

„Mit ihr im Urlaub am Meer." Bin krank, fühle mich schlecht, Fieber, keine Vögelei, kein Schmusen, nur Husten und Halsschmerzen. Sie muss mich lieben, sonst würde sie mich nicht immer wieder anfassen und streicheln.

Noch weiß ich nicht, für welche Frau ich mich entscheide, oder alleine bleibe? Sie redet viel von dem, was sie möchte, aber sie tut zu wenig. Scheidung sofort, als Liebesbeweis, und Wiedergutmachung für den Rauswurf.

Die Entscheidung für mich nur, wenn sie sicher ist, dass ich mit ihr zusammenbleibe. Moralischer Druck „Ich kann es meinem Manne nicht länger zumuten!"

Ich lag lange wach und las einen fiktiven Brief, der mich faszinierte.

„Ehe du eifersüchtig wirst und mir Vorwürfe machst, die ich dann vielleicht nicht mehr entkräften kann, weil Du Mühe hast, mir zu glauben, oder mich nicht mehr hören kannst, möchte ich Dir heute aufschreiben, was in mir vorgeht.

Ich habe mich in unseren gemeinsamen Freund Paul verliebt, ich mag ihn, ich freue mich, mit ihm zusammen zu sein. Ich weiß nicht genau, wie ich es ausdrücken soll - aber auf die Worte kommt es nicht an.

Ich war selbst überrascht von meinem Gefühl und versuche es nun zu verstehen. Ich spüre, dass dies in keiner Weise gegen Dich geht und uns auch nicht trennen muss. Ich bin kein Teenager mehr. Ich vergesse über dem, was in mir aufbricht, unsere Beziehung nicht. Sie ist der Hintergrund, auf dem ich mich getraue, dieses zu erleben.

Wir haben uns ja schon oft gesagt, dass wir einander nicht gehören. Wir sind nicht des andern Besitz, sondern eigene Menschen, auch wenn wir eingewilligt haben, in einer Ehe zu leben und uns treu zu sein.

Darum gehöre ich Dir auch in dieser Situation nicht. Deine Meinung zu dem, was ich erlebe, ist mir nicht unwichtig. Ich werde darum gern mit Dir sprechen, aber die Entscheidungen werde ich selbst treffen, und ich hoffe, dass du das respektieren wirst. Ich gehöre mir, und alles, was ich in mir und für mich entwickele, macht letztlich auch Dich reicher.

In dem Begriff Treue sehe ich heute etwas anderes, etwas Tieferes, Totaleres als damals. Damals habe ich und wahrscheinlich Du auch und die Menschen, die bei unserer Hoch-

zeit zugegen waren, Treue viel enger verstanden: niemand anders zu lieben, besonders nicht sexuell, und sich mit niemand so tief einzulassen wie mit Dir.

Heute verstehe ich Treue als ein ganz tiefes Für-Dich-Sein. Das kann heißen, Deine Wünsche nicht zu erfüllen, weil ich Dich damit von mir abhängig mache. Ich möchte den Rest meines Lebens mit Dir verbringen, weil ich es will, nicht weil ich es muss oder weil ich vielleicht ohne Dich nicht leben könnte. Ich will mit ganzer Überzeugung sagen: Ich kann ohne Dich leben, aber ich will es nicht, wenn es nicht nötig ist. Traust Du mir? Ich liebe Dich nicht weniger als früher.

(Ulrich Schaffer, Chancen der Offenheit, 1990, S.128 ff)

Ich schlief verzweifelt ein, bis der Morgen mich aus dem Bett jagte, und mir beim morgendlichen Duschen die Sätze von ihr wie Zwergenhämmer ans Hirn klopften.

April, der sich wiederholte

Wir trafen uns in einer kleinen Bar, am Ende einer Straße, die ungeleerte Ascheimer in sich aufnahm und wie das Ende der Welt nach einem Zug durch die Kneipengemeinde wirkte.

Der kalte Wind trieb uns an den brennenden Kamin, um hier einen Espresso und einen Milchkaffee zu genießen. Der langsame Duft des Kaffees gerann in ihren Augen und ließ mich durch sie hindurch auf ein Pärchen am Nebentisch blicken, das eng verschlungen, Händespiele trieben, sich mit zärtlichen Worten überhäuften, und die Hände an alle Seiten des hingegossenen Körpers verankerten, aus zwei mach eins.

Und ich spürte ihre Finger sich in meinen Händen verlaufen, spürte ihren warmen Blick auf meinem Munde ruhen, der in feurigen Sätzen die Gelegenheit nach erfundenen Gedichten speiste und sie in den Sog nach mehr verschob.

Sie hatte blondes langes Haar und einen weichen Mund, den ich immerzu küssen wollte, ohne ihn zu berühren. Meine Gesprächspartnerin mir gegenüber redete auf mich ein und erzählte Märchen über ihr Leben, ihre Ziele, ihre Sehnsüchte in sich, während meine Augen nur die blonde Schönheit am Nebentisch ins Visier nahmen, und sie mit meinen Blicken liebkoste.

Ihren fallenden Rock am Saum der Fußkehle aufnahm, und ihre Geheimnisse jenseits des Rockes zu ergründen versuchten. Ich verschmolz zu einem Mann, der sich neu verliebte, ohne zu wissen, ob sie mich erwählen würde.

Nur im Augenblick des Glücks versunken, die zarten Hände eines Goldkindes haltend und drückend.

Mein Kaffee schwappte über, bei dem jähen Auftritt meiner Tischpartnerin, die sich entschuldigend auf die Toilette zurückzog,

Meine Augen suchten ungestört den Blick meines Nachbartisches, meines Gegenübers und sahen sie mit den Augen des Hände haltenden Mannes an.

Wirklich und fremd zugleich flirtete ich ungeniert mit ihr und verbarg nicht meine Sehnsucht, sie noch heute Nacht zu besitzen und zu betten.

Meine Datingpartnerin hatte sich etwas Espresso über die Bluse geschüttet, wohl um meine ungeteilte Aufmerksamkeit zu erlangen, die gefesselt wurde von der blonden Frau am Nebentisch. Wohin ich auch blickte, sie trat mir ins Auge, hielt mich an den Händen, zerrte mich auf den dunklen Hof und versuchte mich zu küssen.

Doch ich widerstand und hielt nur ihre Hände, die warm und weich sich in meine Handmuscheln schmiegten. „Gehen wir jetzt? Zu dir, zu mir?"

„Ich glaube kaum, dass wir uns noch viel zu sagen hätten!"

Mechanisch griff ich zum Mantel, legte ihr ihn um und wir zogen hinaus auf die dunkle Strasse, in der die Bar jetzt meinen Traum verwahrte und mich wieder einmal verwirrt hatte. Kühl und distanziert hakte sie mich unter, ließ sich bis vor ihre Haustür fahren und verschwand, woher sie auch immer gekommen war.

Ich fuhr zurück ins Café, um das Schauspiel weiter zu genießen, doch die Plätze waren leer und hinterließen bei mir nur Staunen über einen Abgang, der vielleicht das Glück meines Lebens gewesen wäre?

Mai, der sich wiederholte

Meine Sonne schien in mein Zimmer, das wieder leer und heimelig, verträumt und ohne weibliche Anteilnahme auf mich wirken konnte.

Mein PC summte und zauberte mir die letzten Angebote meines nimmersatten Konsumbegehrens auf die Scheibe. Gleich mit den Übereinstimmungswerten, die mir meine gefühlten Übereinstimmungsprojektionen noch verschärften.

„Holla, wie nahe bin ich an meiner Traumfrau dran?"

„Eleni, Zahnärztin, 46 Jahre, 67 Prozent", „Olga, Sängerin, 55 Jahre, 66 Prozent", „imier, Theaterpädagogin, 56 Jahre, 50 Prozent", „Ulla, Beraterin, 54 Jahre, 60 Prozent", „kairo, Physiotherapeutin, 57 Jahre, 68 Prozent", „Lindi, Kulturmanagerin 45 Jahre, 65 Prozent"

Der Blick in die anderen Profile ließ die Entfernung zum Traumweib, mit der ich mich treffen wollte, weiter schmelzen. Möglichst nebenan, wie eine gute Nachbarin, bildhübsch, blond, blauäugig, vollbusig, wie auf den Werbeplakaten für die exotischen Getränke im Kino.

Auch mein Ego fühlte sich bestätigt, ich war auf dem richtigen Weg zu meiner Traumfrau, wies alle Konsumgeilheit von mir, fand mich vereinigt mit dem Bild, einzigartig, und beherrschte die Frauenbilder nach Belieben.

Anklicken, Wegklicken, der Kick mit dem Klick eben.

Und weiter suchte ich die Straße verlorener Träume und Sehnsüchte ab. Nach weggeworfenen Gefühlsleichen weiblicher Irrtümer. Im realen Leben und meiner erfundenen Wirklichkeit. Suchte nach einer Antwort auf die Frage.

Warum immer die anderen, warum nicht ich?

Wieso fanden Männer in meinem Alter immer noch junge, geile Frauen, und ich nicht? Was haben die anderen an sich, was ich nicht hatte?

Oder konnte ich den Orgasmusschrei nur nicht so perfekt imitieren, so dass sich jede Frau gleich weiter mit mir einlassen würde?

„Ah, hier arami", gleich mit einem standardisierten Forderungskatalog, der mir meine Bildvorstellung von ihr untermauern sollte, mir das Bild geschmacklich herrichtete, mich in Stimmung auf den Nachtisch einstimmte, und nun?

„Ich bin arami, 48Jahre alt, geschieden, 23 km entfernt, Figur: wohlgeformt, weiblich, 166 cm, normalgesichtig, blonde Haare, schulterlang, Augen: blau, Familie: ein Kind. Es ist gut, wenn ... ich abends das Gefühl habe, alles geschafft zu haben.

Dinge, die für mich wichtig sein könnten: die Liebe meines Mannes, meiner Kinder, gute Gespräche mit Freundinnen.

Mein Äußeres: sportlich, groß, schlank, kinnlange blonde Haare, jünger aussehend. Ich fühle mich wohl: eigentlich überall dort, wo ich Menschen begegne. Ich trenne mich nie von: Büchern, Musik und von meiner Sehnsucht.

Zuwider sind mir: ...Intoleranz und Arroganz, Besserwisserei und Scheinheiligkeit, Feigheit und Verantwortungslosigkeit, Lügen haben kurze Beine, besonders die von Männern.

Was sonst noch? Ich bin ein aktiver Mensch, gerne in Gesellschaft. Ich brauche auch Raum und Zeit zum Rückzug. Ich wünsche mir einen Partner, der mit mir über „Gott und die Welt" reden mag.

Man kann von einem Bild natürlich noch nicht viel sagen, man müsste schon mal ein paar E-Mails austauschen oder telefonieren, um den anderen Menschen ein bisschen näher kennen zu lernen.

Ich kann gut zuhören und werde oft herangezogen, wenn Entscheidungen anstehen. Ich kann ernsthaft diskutieren, aber ich lache auch gern. Ich habe viele Interessen. Ich bin ein zuverlässiger Mensch.

Mein Traum wäre ein Partner, zu dem ich gehöre und dem ich trauen kann. Ich träumte davon, dass jemand mich gebrauchen könnte. Dass jemand mich annähme, einfach so wie ich bin. Dass jemand mich gelten ließe, ohne mich zu erziehen.

Dass ich mich nicht verteidigen müsste. Dass einer mich liebt. Wenn du immer noch Mut hast, schreibst du mir!"

Ach, ja, geliebt zu werden, mich in Mutters Schoß einfühlen können. Wollte ich das, oder nur die Wärme ungelebter Ängste an meine Haut lassen?

Die Frage stellte ich mir immer wieder, und hier nun, im PC fand ich eine Antwort. Aus der Einsamkeit der verkonsumierten, verrückten, kalten Welt, in die warme, behaarte Muschi einer blond gelockten, jungen Frau, die gleichzeitig deine Geliebte und Mutter ist, die dich wärmt und mit dir vögelt, die dir alles sein will?

Die Gardine am Fenster bewegte sich leicht bei einem warmen Zug des vorbeiziehenden Windes, der sanft an meiner Haustür klingelte.

Ich ließ ihn nicht herein, war beschäftigt mit dem Versuch, meine noch warme Mutter auf ihrem Sterbebett zu finden. Auf dem Tisch lag die Telefonrechnung, ein Einschreiben vom Finanzamt und die abgebuchte Rechnung meiner Internet – Sucherei.

Wann endlich gehörte ich auch zu denen, die mit Stolz die Dating – Such – und Finde Statistik gemeinsamer Verpaarung erhöhte, mit der Schlagzeile

„ Auch C. hat sie endlich bei uns im Internet gefunden, versuchen auch sie ihr Glück, denn C. kann nicht lügen!"

Oh, doch, C. kann und wird lügen, wenn er dadurch die Chancen auf einen beischlafähnlichen Trip erhöhen könnte!

C. würde lügen, um sich jünger zu machen!

C. würde lügen, um nicht sich der Gefahr des Liebesentzuges aussetzen zu müssen!

Und C. log, wenn es um seine innere Festigkeit und seinen Anstand gegenüber Menschen ging. Ansehen, abscannen, wegklicken, die Nächste bitte!

Der Markt ist voller geiler, suchender, vollbusiger, blond gelockter Frauen, die alle auf dich stehen und nur darauf warten, von dir, als dem potentesten aller Potenten gevögelt zu werden.

Und dann, wegwerfen, wegklicken! Die Nächste bitte! Ich schaltete den PC aus, trank einen Schluck Wasser aus der Leitung und versank in männliches, depressives Gejammer. Warum nicht ich? Warum immer die anderen?

Juni, der sich wiederholte

Wir trafen uns in meinem Stammcafe, das den Eindruck einer Reparaturwerkstatt in Sachen Gefühle und Beziehungen widerspiegelte.

Alleinstehende Männer und Frauen schlichen sich mit langen, tief traurigen Gesichtern hinein und kamen als untergehakte Paare wieder raus.

Warum passierte mir das nie, obwohl ich schon einige Dates hierher verbannt hatte, und immer noch auf den großen Befreiungsschlag in Sachen Verlieben und Schmetterlingen im Bauch wartete.

Sie kam mit einer Sonnenbrille im Gesicht, blonden nach hinten gekämmten Haaren und einer Top Figur.

Werden meine kühnsten Träume wahr? Sollte hier und heute endlich kein Wegklicken und Abscannen möglich sein? Sollte sich heute mein Datingtraum erfüllen?

Ihr Schwatzorgan versetzte mich in Stimmung, zumal ihre Stimme den Klang einer Lehrerin beim Förderunterricht und einem gebetsmühlenartigen Wiederkäuen von unverdaulichen Vokabeln annahm.

Ihre Erfahrungen mit dem Internet – Dating waren voller Gefahren. Vor allen Dingen die Männer, die sich nie in sie verliebten, die nur versorgt sein wollten und sich scheuten, echte Gefühle zu zeigen.

Mir trat der Schweiß hochlodernder Kaminhitze auf die Stirn und ihre Rede erfüllte mein Hirn mit dem Versuch, sie von hier weg zu beamen, um so doch wieder gemütlich am PC, ohne Verantwortung zu surfen.

Was suchte sie? Was fand sie nicht? Wo war die Klippe, um sie ins Bett zu kriegen? Was sollte ich wohl reden, um nicht nur in der kognitiven Argumente – Totschlag – Ebene, mit der ich schon einige Frauen überzeugen konnte, hängenzubleiben. Die kaffeegeschwängerte Luft vibrierte förmlich von ihren Anschuldigungen und versetzte mich in die Lage eines Angeklagten, der stellvertretend für die Männerwelt sich anhören musste, was sonst unausgesprochen in 30 Ehejahren sich als Frust angestaut hatte.

Welches Verbrechen moralischer Art begehe ich, wenn ich mich nicht in sie verliebte? Obwohl sie mir klarmachte, dass Dating nur dem männlichen Egoismus dienen würde. Und sie nur erkennen wollte, wie Männer auf sie wirkten. Nicht suchen, sondern finden lassen, wollte sie, als Suchtmoment und gleichzeitiger Verführung, einen in ihr schlummernden Traum zur Realität werden lassen.

Dabei verstrickte sie sich weiter und weiter in die Fänge des Datings. Sie begann zu weinen und rührte mein Herz, mein Taschentuch wurde akzeptiert als erster Versuch einer Annäherung, sich auf mich einzulassen.

Die Suche im Internet machte mich blind, nur das Wegklicken gab mir den Adrenalinstoss von Macht über Menschen, die als Schatten auf dem Bildschirm sich in einem kleinen Café in Fleisch und Blut, mit Gefühlen wandelten, und die ich doch nicht verstand, warum nicht'?

Ein Taschentuch könnte ein Anfang sein, um eine Szene aus Woody Allens Stadtneurotiker zu spielen. Um Gegensätze zu überwinden, um Mann und Frausein in eins zu erspüren, das Suchen nach Wärme zu überführen.

Doch die Macht und Gewalt der Bilder beim Dating verhindert es, sie zu verwirklichen, um dem anderen eine Chance zur Erkenntnis von guten Tugenden und Liebe zu geben.

Nur die Luft blieb die gleiche, in die eingetaucht wir am Morgen unseren einsamen Jogginglauf unternahmen, um der Welt mit vielen Beziehungsmöglichkeiten strahlend entgegenzutreten.

Unser Gespräch lockerte sich erst, als mein Fuß wie zufällig den ihren berührte. Als meine Finger, wie beabsichtigt über ihren Mantel strichen und ich wie beabsichtigt ihr in den Mantel half. Keine Schmetterlinge, kein Grummeln, kein erneutes Treffen. Keine Ruhe.

Neues Suchen als Ausweg, weil ich mich nicht eingelassen hatte. Meine Chancen nicht ergriffen hatte.

Sie geht, sie wird den Raum, die Wärme, mich verlassen. Vielleicht mit einem Bild von mir, dass es ihr erleichtert, weiter im Internet zu daten. Vielleicht treffe ich sie wieder?

Ich träumte schlecht in der Nacht. „Liebesleid als ausgekotzte Eingeweide lagen in einem Ausguss. Du strecktest die Hand nach oben, und die Eingeweide verschwanden. Du begreifst es nicht.

Sie versuchte mich zu einem Priester zu machen, um mich für sich ganz alleine zu haben.

Wir trafen uns an der Friedhofsmauer des Klosters an der sich geheimnisvolle Dinge abspielen. Hinter der Mauer lag eine Innenwiese nur mit uns zweien, und dann lange Zeit nichts, und dann Kinder und dann die anderen Menschen mit Sträußen und Blumengebinden im Haar.

Wie sollte ich dabei atmen können? Warum glaubte sie, die mich zu lieben glaubte, die mich warm in meiner Mönchskutte, unter der ich nichts anhatte, empfing, sie wäre die einzige Freundin und Vertraute?

Andere Menschen müssen mich auch lieben. Sie war nicht die Einzige, die mir meinen Rock ausziehen wollte, um sich mit mir an der Mauer zum Kloster zu vergnügen.

Ihr Gesicht konnte ich nicht erkennen, war verschwommen und kalt. Um welchen Preis blieb ich alleine?

Wenn du gehst, gehe ich auch. Wenn du weinst, weine ich auch. Wenn du lachst, lache ich auch.

Umso tiefer geht der Schmerz, wenn ich mein Spiegelbild verliere.

Ein Freund ritt in einer Halle auf einem Elefanten, ich auf einem Besen hinterher. Dann saß ich auf einem Pferd, besuchte mich in meiner Wohnung, mein Sofa war weg, und der PC war nur ein dunkles Loch.

Ich ritt wieder ans Meer, Schaumjungfrauen, mit kleinen Brüsten und dem Nichtwunsch, mich zu fressen.

Das Wasser umspülte meine Arme, ich ließ mich von ihnen tragen, in einem Strom unendlichen Wohlgefühls mütterlicher Umsorgung."

Juli, der sich wiederholte

Wir saßen zu viert um einen kleinen Tisch in meinem Wohnzimmer, zwei Männer, zwei Frauen, berieten das unendliche Finde - und Verlierthema der Liebe im Internet - Dating und aßen Sushi mit Stäbchen als letzter Schrei gequälter japanischer Köche und linker Gaumenfreuden, hinter denen sich ein kleiner, egoistischer Geist mit bürgerlichem Akzent verbarg.

Wieso konnte ich nicht zwei und mehr Frauen zugleich lieben, wieso musste ich mich immer entscheiden, zu welcher Frau ich gehören wollte und wer mit mir nicht schlafen sollte? Trug ich nicht den Schmerz ungezählter Ehejahre mit mir herum, machten sie mich nicht auch unfrei im Fühlen gegenwärtiger Liebe einer liebenden Frau, die auch ihren Ehemann verlassen hatte, aber sich frei fühlte.

Ich hatte auch beim Sushi - Essen das Gefühl, verstärkt durch das Thema, in das wir eingetaucht waren, als könnte ich mich niemals von den mütterlichen Fesseln um meinen Hals befreien, als würde die Weltheitsweiblichkeit mit Schambehaarung und großen Brüsten mich ewig in ihren Bann ziehen und ich daran leiden und mit meiner hingestrotzten Männlichkeit als Penisersatz und erektiler Potenz in ihr untergehen.

Welche Freiheit der Entscheidung besaß ich noch? In Dating - Cafés unschuldige Bilder, die mich weglutschten in ein Gefühl von Verlorenheit, weil nicht greifbar, und ergiebig genug, mich auf das Thema Liebe neu einzulassen.

Was verhinderte eine tiefe Emotionalisierung meines Herzens? Was hinderte die Schmetterlinge im Bauch, anzufangen zu fliegen? War es das Alter, war es die Strukturdeterminiertheit unsere Kindheit, war es der Mann, der sich nicht voll einlassen konnte oder wollte? Der ewige Jäger? Die Frau als Bewahrerin von Gefühlen und gleichzeitiger Verhurungen und Verrohungen , weil Angleichungen an männliche Attitüden stattfanden?

Der Rotwein umnebelte unsere Gesichter und ließ das Blut schneller pulsieren und registrieren, welche Schönheiten weiblicher Verführung am Tisch saßen, um unsere Schwänze in Wallung zu bringen. Das Umschalten von ernster Unterhaltung zur pornographischen Rede, von lustvoller Gigantomanie männlicher Gegenwart und weiblicher Veränderung in männlicher Gegenwart.

Ein Spiel auf Zeit, das meist angefangen beim leichten Berühren des Armes und der Zungenalphabetisierung der Lippen bis in die Bauch – Schamgegend klitoraler Orgasmen reichte.

Wo will ich hin, was will ich hier mit meinem Sushi? Während er schon die Frau zu seiner Linken mit den geilen Blicken übers Kreuz legte.

Meine Hand strich nur leicht über ihren BH und verfing sich in ihren blonden Haaren, die blaue Augen hervorlugen ließen aus einem mütterlichen Puppengesicht. War es doch meine Frau? Trug ich noch Verantwortung für sie, oder auch hier für diese Frau an ihrer Stelle?

Ich fühlte mich frei in meinem Denken. „Ich entscheide und handle frei, dafür übernehme ich die Verantwortung. Ich bestimme mich willentlich, wie mein Leben gestaltet wird."

Eine Biene verfing sich in der Gardine, summte immer wieder gegen das Fenster und fand den Ausgang nicht, obwohl sie den Weg hätte finden müssen, wie ich meinte, weil der laue Abendwind samtweich ihr einen Weg wies.
Aber, sie konnte nicht eine andere Perspektive einnehmen, war programmiert, immer wieder gegen das Fenster, dem letzten Licht entgegen zu fliegen.

Arme Kreatur, so zu sterben. Ich wollte ihr helfen und schob die Fliegenklatsche unter ihren Leib, bog sie nach vorne und mit einer blitzschnellen Bewegung gelang mir ihre Freiheit.

Sie klatschte Beifall und litt unter der großen Nähe meiner unschuldigen Gefühle für sie, die sich in Schlangenwindungen über ihre Hände gesichtsnah ergossen.

Welche Verantwortung war es, die mich hier und jetzt zwang, sie zu küssen, nicht um ihretwillen, sondern, um des Genusses der Realisierung eines Internet - Datings Gedanken.

Wie ich mit ihr fühlte, wie ich sie hier und jetzt begehrte, wurde davon beeinflusst, in welchem Verhältnis ich mich für mich verantwortlich fühlte, wenn ich ihren Mund mit leichter Zunge berührte, weil ich es wollte.

Ich alleine war Treiber meiner Gedanken und Handlungen. Durch meine Projektionen per Mausklick. Wer auch sonst? War ich denn Erfüllungsgehilfe fremder Ideen, aus Träumen geschäumt, und niemals realisiert?

Oder wurde mein Verhalten ihr gegenüber, ihre Wange mit feuchter Zunge benetzend, dem Ohre sich nähernd durch fremde, nicht beeinflussbare Supermächte aus dem All verursacht und gesteuert?

Mein Schicksal war in diesem Augenblick nur von ihr abhängig, von ihrer fraulichen Annahme oder Verweigerung, die mich in tiefste Depressionen gestürzt hätte. Folglich warf ich den ersten Stein, um Ringe gegen ihren Willen zu ziehen.

Meine Bahn stabilisierte sich über meine Verantwortung, einer Biene zur Freiheit zu verhelfen, einer hübschen, blauäugigen Frau aus dem BH zu helfen, ihren Slip auszuziehen und mich in ihr zu vervollkommnen, als Einssein aller Männer und Frauen.

Ich wollte mich nicht mehr zum Opfer fremder Hoffnungen und Sehnsüchte machen lassen. Von Internet - Foren, die mich verführten, um an das große Geld zu kommen.

Die Sehnsüchte manipulierend schamlos für materialistische Erhebungen großer Firmen bei mir ausnutzten. Ich wollte mein Leben verändern. Doch ich ahnte, in welche Falle meiner eigenen Projektionen ich geraten war.

Mit jedem Klick auf ein Gesicht, mit jedem Anruf einer Stimme, mit jedem Treffen in rauchigen Cafés, mit jeder Berührung unschuldiger Nähe.

Etwas unwirklich Verschwommenes blieb in mir und verursachte mir Kotzen. Nachsicht mit Bienen und Stinkwut auf mich und meine Sucht nach mütterlicher Ruhe und dem Schmerzvergessen in der Abgeschiedenheit eines Klosters.

Kein Opfer von manipulativer Bildexzesse, auch wenn meine Mutter mich als Kind in ständiger Einsamkeit versenkte, mein Bruder mich schlug und mein Vater mich wegen exzessiver Onanie verprügelte.

Meine Verwirklichung liegt in verantwortlicher Klarheit des Wollens, ich will, und nicht, ich kann nicht! Verantwortung wollte ich für meine Taten an Gedanken und Dates, an Menschen und Tieren, an mir und der Natur, die mich als sehnsuchtsvollen Traum wieder annahm, wenn ich keine Verantwortung mehr trug.

Mein Blick fiel, während ich die blonde Frau stöhnend vor Lust unter mir begrub auf eine Klostermauer, hinter der mich die Stille einlud, der Entsagung aller Verantwortung entgegenzutreten. Eine kleine Notiz fesselte mich in meinen Gedanken an Stille, ave verum!

Lesen, innerer Ruhe, Gelassenheit und Abgeschiedenheit, der Verwirklichung harmonischer Gedanken, dass mein schlaffes Glied aus ihr heraus ans Tageslicht rutschte, sich in unscheinbare Nichtssagung verzog und sie alleine auf dem Teppich liegen ließ. Erschrocken fragte sie nur „ Was habe ich falsch gemacht?"

Mein Blick, gefühlsbeladen, strich über ihre üppigen rosigen Brustwarzen bis hinunter zu ihrem rötlichen Schamhaar, verletzend und zugleich die Nichtigkeit des Augenblicks betonend.

Eine Biene verfing sich in der Gardine, summte immer wieder gegen das Fenster und fand den Ausgang nicht, obwohl sie den Weg hätte finden müssen, wie ich meinte, weil der laue Abendwind samtweich ihr einen Weg wies.

Aber, sie konnte nicht eine andere Perspektive einnehmen, war programmiert, immer wieder gegen das Fenster, dem letzten Licht entgegen zu fliegen.

Arme Kreatur, so zu sterben, ich wollte ihr helfen und schob die Fliegenklatsche unter ihren Leib, bog sie nach vorne und mit einer blitzschnellen Bewegung gelang mir ihre Freiheit.

August, der sich wiederholte

Die Begrüßung durch Pater Franz war mir wohltuend ruhig und widersprach nicht meinem Gefühl nach Ruhe und Geborgenheit. Hinter den Mauern dieses Klosters, in das ich mich zurückziehen wollte, um abzuschalten, wegzuklicken, einzutauchen und zu lauschen, wenn die Turmuhr auf dem Zenit ihrer Würde angelangt war.

Einige Zeit ohne Gedanken an Springen im Internet oder Bett, Autofahren nach Nirgendwo, um sich über ein Verwöhnfrühstück in Form für potente Aufgaben zu bringen. Immer bereit zu Taten, und mitleidslos auf der Suche. Wonach?

Meine Kammer war spartanisch, zwei Zimmer, Fenster auf die Mauer, die nun für einige Zeit mich umschließen sollte. Davor der Klostergarten mit frischen Kräutern und hellen Apfelbäumen, deren Früchte in den blauen Himmel zeichneten. Einige Mönche in weltabgewandten Kutten schnitten Gras für die Kaninchen. Pflegten sich in demütiger Haltung zum Essen im Refektorium zu treffen. Schweigend und betend das Essen einnehmend.

Ich mitten unter ihnen, demütig, klagend im Gespräch mit ihnen. Außenwelt im Inneren erlebbar machen. Kein Fernseher, kein PC, kein Telefon. Nur Wände uralten Gesteins. Voller Sorgen vorheriger Bewohner. Türmten sich zu qualvollen Schuldgeständnissen meiner Vergangenheit. Meiner Sehnsüchte und Klicks.

Retusche in meinem bisherigen Leben, als Weg zu meinen eigenen Gefühlen. Ich oder wer entscheidet mich? War ich früher von meinen Eltern, meinen Geschwistern entscheidungsfreudig erzogen worden? Ließ ich mir gerne Entscheidungen abnehmen? Verzweifelte ich an einer Entscheidung, die mir ein sowohl als auch hervorlockte?

Es ist nicht möglich, sich nicht zu entscheiden - selbst wenn ich mich nicht entscheide, entscheide ich mich doch!

Meine Blicke glitten über das Kreuz an der Wand, als letzte Großtat, als Ausflucht in Hilfe von außen? Ich wollte lernen, eine Entscheidung treffen zu dürfen und wirklich zu wollen. Ohne wenn und aber, ohne meiner Sucht nachhängend, mich selbstverliebt im Internet zu verlieren.

Alle Frauen müsste ich kennen lernen, alle potentiellen weiblichen Wesen, und alle möglichen Spielarten einer harmonischen Passung müsste ich überprüfen.

Wie dumm von mir, die PC - Möglichkeiten zu erhöhen, um die Wahrscheinlichkeiten zu erniedrigen.

Und ich fragte mich in der Dämmerung meiner spartanischen Behausung, was erschien mir bei dieser oder jener Frau so wichtig, dass ich sie unbedingt kennen lernen wollte?

Dass ich die Nähe ihres Haares durch meine Nase einsog. Welches Selbstwertgefühl beflügelte meine Gedanken, um glücklich zu werden? Immer wieder auf dem Sprunge, das verlorene Kindheitsgefühl von Glück und Geborgenheit einzufangen, wenn nicht durch eine Suche im Internet? Wieso sind die anderen, nicht ich im Glücklichsein gefangen?

Mein Blick galt der untergehenden Sonne, die wie gewohnt ihre Bahn nach Menschenart zu denken zog.

„Nicht ich, sondern die anderen sind Schuld an meiner Suche, weil ich versuchte, sie zu fangen und zu erhalten?"

Falsche Einflüsterungen.

Was hatte ich bisher für die Suche nach wärmender Haut getan? Nur geklickt, hin und weg, nur getroffen, gevögelt und auf den Misthaufen unverarbeiteter Ideen geworfen. Abgetakelte Alte und alter Mann.

Und ich wollte immer noch der strahlende Jüngling von einst sein, unverdorben und naiv? Der, der nicht das Wesen der wärmenden Weiblichkeit verstand und sich wunderte, wieso es immer wieder passierte, neben mir, unter mir.

Sich zu verlieben. Auch durch Bilder und Hingabe an Telefongespräche. Durch Sprache, erstes Sehen, Schmecken, Berühren. Einen Reiz auf meiner Haut hinterließ ein zarter Kuss von ihr. Und schon waren sie da, die viel beschworenen Schmetterlinge.

Guter Duft und heimelige Bratäpfelgerüche und Gefühle von Dazugehören, Dabeisein. Nicht ausgeschlossen. Wie jetzt, da ich in meiner Kammer lag, der Glocke vom Turm lauschte und in Gedanken die Klostermauer entlang schlich, suchend ... mit Leidenschaft suchend und finden. War ich noch nicht bereit?

Nur oberflächliches Gemauze mit tönender Stimme, kratzend auf dem Fell, aber die Haut nur nicht verletzend. Um welchen Preis wollte ich sterben an der Verführung und Liebe? Welche von den vielen Bildern auf der Oberfläche meines PC waren mir wirklich wichtig?

In welches habe ich alle Wut, allen Schmerz und alle Kraft des Glaubens an ein gutes Ende gelegt? Wo war der wahnsinnige Schmerz des Verlustes einer Liebe in mir zu spüren?

Wie damals, als meine erste große Liebe sich mit dem Zahnarzt, schwiegersohnverdächtig, verlobte, und ich in meiner Höllenverzweiflung ein Telegramm schrieb: „Nicht ihn, mich solltest du heiraten, und warum?"

Beziehung war nur möglich, wenn ich etwas wagte, ohne zu wissen, ob der Einsatz sich lohnte. Krämergesicht und Gefühlsgeizhals. Meine vielen oberflächlichen Scheinwelten gaukelten mir weggeklickt, hergezoomt Beziehungen vor. Ließen mich unausgefüllt, schal, bitter zurück.

Die sanften, wärmenden Strahlen einer Sonne brannten das Kreuz aus Fensterrahmung an die kahle Wand.

Welche Offenbarung für mich, hier auf dem harten Bett im Kloster der Ruhe mich entgegenzusehnen. Das erste Mal ohne den Griff nach dem Mausstück, in Verzückung meiner durch Weiblichkeitsbilder erzeugten Gedankenwelt und unruhigen Sehnens.

Träume scheuchten mich auf, die Tür einen spaltbreit zu öffnen, einen Blick in den Kreuzgang zu riskieren. Einer weißen Kutte mit seitwärts herabhängenden blonden Haaren im Blick zu begegnen. Hinterher eine schwarze Kutte auf lautleisen Sohlen, die brennende Kerze in der Hand, beide sich unbeobachtet fühlend eine Kammer besteigend.

Mein Herz raste zum Anschlag meines Gesichts, und Gedanken über Leidenschaften im Kloster ließen mich weiter in einen unruhigen Traum gleiten, der zuckersüßen Traumhonig in mich versenkte.

September, der sich wiederholte

Meine Seele konnte baumeln im Klostergarten, konnte sich den unempfindlichen Gefühlen längst vergangener Tage hingeben, sich öffnen, dem Glauben an eine höhere Macht.

Bei Kerzenschein zu meditieren. In fremde, staubig modernde Folien längst vergangener Gedanken in der Klosterbibliothek zu riechen.

Die bräunlich angelaufenen Blätter hingebungsvoll zu streicheln, wie die erwachenden Brüste einer Jungfrau. Sich an Gedanken längst gedachter Ideen zu orientieren. Auf das Wesentliche zu konzentrieren. Dem Herzschlag nachzuspüren und den Empfindungen des Hierseins hinzugeben.

Lernen, die Stille zu ertragen.

Den Bruch mit dem Suchen nach mehr Abwechslung und Dauerreizung zu riskieren. Sich wegzuschließen in eine Welt der Demutsstille und des Raumes, der Kutten und des Betens, des Diskutierens. Nicht Oberfläche, sondern Tiefe, die Angst und Gefahren in mir mobilisierten. In Achtsamkeit und Gewahrsein sich ergeben.

In meiner Kammer lag Büttenpapier, meine Handschrift gestaltete Briefe an eine ferne Geliebte.

An eine geheimnisvolle Klosterbesucherin, die des Abends im Vorgarten der Klostermauer vor den Bienenstöcken weilte? Bienenzüchterin, Imkerin?

Dabei erfasste ihr dunkles Haar den letzten Strahl gewebter Sonnen. „Als ich dich liebte, glaubte ich in dir aufzugehen, ohne dich, nicht mehr sein zu können. Deine Gegenwart wollte ich nicht missen. Wollte nur bei dir sein.

War das nicht aber auch ein fundamentaler, egoistischer Irrtum, dem ich unterlag?

Kann diese Liebe nicht auch zu einer Symbiose führen, die dir keinen Raum für gelebte Individualität gibt, die dir den eigenen Raum nimmt, die dir deine Luft abschnürt?

Wenn deine Empathie stark genug ist, zeigst du ein starkes Mitgefühl mit den Leiden und Freuden anderer. Doch bei symbiotischer Vereinigung, gebe ich mich in dir auf. Wenn du dieses forderst, ist ein starkes Misstrauen in dir, nur über eine Symbiose dich meiner Liebe zu versichern, nicht das Vertrauen in dir, um deiner selbst geliebt zu werden.

Gib mich frei, dann gewinnst du alles, auch mich!

„Je mehr Freiheit du mir gibst, dich nicht lieben zu müssen, je weniger du versuchst, mich an dich zu binden, desto eher bin ich bereit, mich freiwillig auf dich einzulassen."

Mein Blick fiel aus dem Fenster in den Klostergarten, kehrte von den Bienenstöcken, deren unheimlich beruhigendes Gesumme und bienige Geschäftigkeiten mich wieder in meine Gedankenwelt entließ, mich zurückführte in meine Gedanken und Träume. Und ich schrieb auf Büttenpapier.

„Meine Sucht ließ nicht zu, mich ohne Bilder, Sehnsüchte, Vergangenheitsidole in der Gegenwart zu halten. Alleine, ohne Partner, Weggefährte, nur auf meine Egoismen bezogen, im hier und jetzt agieren.

Meine kreative Selbstkraft schöpfte ich bisher nur vampirartig durch andere Menschen, vorzugsweise Frauen, die mich nur oberflächlich ankratzten, verletzen konnten.

Nie mein Herz trafen, nicht in mein Herz sehen konnten, nur mein Ego, als Bollwerk gegen Gefühle von außen.

Keinen ließ ich an mich heran.

Ich benutzte das DU nur als Teil, niemals als Ganzes seiner Selbst, weil ich einsam, krank, ungeliebt, mich verlassen fühlte.

Wenn ich aber andere nur benutzte, weil ich selbst nicht mit mir alleine sein konnte, weil ich nicht gelernt hatte, mich anzunehmen, weil ich nicht in der Lage war, in mich hineinzuhorchen, dann missbrauchte ich die anderen für meine egoistischen Zwecke der Selbstverliebtheit.

Wenn ich mich aber selbst annehmen könnte, mich selbst lieben dürfte, dann wäre ein Alleinsein zu ertragen und ich brauchte keine Ergänzung für mein ungeliebtes ICH.

Wenn ich loslassen wollte, gefestigt in meinem Alleinsein, gewönne ich Vertrauen zu mir und anderen Menschen.

Mir kam es vor, ohne einen oder mehrere Menschen nicht leben zu können, aus Liebe? Mir schien es eher so, dass mein Ego mich zum Narren hielt, mir etwas vorgaukelte, weil ich nicht erkennen konnte, dass ich nicht mehr ICH selbst war, wenn ich nur durch die angebliche Liebe zu anderen ein Selbst besaß. Der Maßstab meines Handelns war nur ich, keiner sonst. Auch wenn andere mir erzählen wollten, ich müsste mich erst völlig hingeben, in der wahren Liebe aufgehen, eins werden mit dem Anderen.

Welche schreckliche Vorstellung wütete in mir, andere Menschen verantwortlich für mein Handeln und Wollen zu machen, sie für meine Taten büßen zu lassen.

Wie kam es nur, dass ich immer wieder nach der großen Liebe suchte, nach Schmetterlingen im Bauch, ohne sie zu finden. Wie kam es nur, dass ganze Industrien der Medien sich dieses Themas INTERNET-DATING annahmen und annehmen werden, ohne dass Menschen jemals klüger, stärker, wissender werden, was die Liebe angeht.

Und ich spielte dieses Spiel mit, organisierte mich in den Fängen des Datings, ließ mich nicht finden. Suchte wie ein unruhiger Panther, gefesselt an die Sucht, nach einem Ausweg, der Geborgenheit, Zärtlichkeit, Mütterlichkeit hieß und mir die Illusion immerwährender Ruhe versprach.

In der wahren Liebe geht der Mensch auf, verliert sich. Oder, nur wer identisch mit sich selbst ist, wer sich selbst liebt, kann andere lieben. Ich suchte, band mich für Momente, traf mich für Augenblicke in Cafés und in Betten mit verschnörkelten Matratzen und fand immer eine Ausrede, sie war es nicht!

Es waren keine Gefühlschwingungen, keine Schmetterlinge, keine Frühlinge zu spüren! Was ließ mich nicht finden, was verstellte mir den Blick zu mir selbst? Die Suche selbst?

Ich glaube fest, es gibt nicht eine absolute Liebe, wenn du dich nicht selbst angenommen hast, wenn du dich nicht selbst liebst, und damit andere lieben kannst.

Ich musste mich erst selbst schwach und hässlich in diesen Klostermauern erleben, als Bienenzüchter. Nichts anderes als Honig bringend für die Klostergemeinschaft, um einen verschütteten Zugang zu mir als Diener in Demut und Glauben wieder freizuschaufeln.

Liebe nicht nur auf einen Menschen begrenzt, ist nicht exklusives Recht und Anmaßung. Sie würde nur einengen, abschnüren, vergewaltigen, instrumentalisieren. Dann ist es keine Liebe, sondern strukturelle Gewalt.

Ein Spiegel in meinem Klosterzimmer ließ mir Zeit und Raum, mich ohne Falschheit zu betrachten. Ich nahm ihn mir, sah mich an, nicht um mich zu kämmen, oder zu frisieren, sondern, um mich in allen Nuancen zu betrachten.

Und ich spürte, wie plötzlich alles Äußere verblasste, mein Wesen zum Vorschein kam. Wie Gedanken aus der Vergangenheit und Zukunft in den Spiegel sprangen und ich voller Furcht und Sehnsucht zugleich, voller Angst und Misstrauen, voller Freude auf etwas in meinem Kopf, das nun entstand, starrte. Vieles könnte ich verändern, aber nur ich, kein anderer hatte für mich den passenden Spiegel. Also, schaute ich hinein, fürchtete mich nicht, betrachtete mich immer wieder, und fing an zu begreifen, mich zu lieben.

Ich nahm mein inneres Kind bei der Hand und ging im Klostergarten spazieren, pflückte Blumen, begoss die Blumen, tänzelte mit den Bienen im blauen Sommerwind.

Meinem Blick im Spiegel hielt ich stand, denn, es war mein Blick und ich redete mit meinem Spiegelbild, sagte ihm alles, was mir nach dem langen Suchen auf den Lippen lag.

„Nur du wirst dich verstehen, auch wenn andere dir einreden, nur sie könnten dich verstehen oder dir einreden wollen, du verstündest nichts von der Liebe. Wenn du es nicht verstehst, wer dann?,,

Und während ich den Brief an eine ferne Bienenzüchterin schrieb, die warm und weich sich in meine Gedanken schmiegte, fiel mir eine Liebesgeschichte ein.

„Es war einmal eine Frau, die hatte viele Liebhaber, aber an allen hatte sie eine Kleinigkeit auszusetzen, entweder waren sie zu dick oder zu dünn, zu klug oder zu dumm, zu geschwätzig oder zu wortkarg. Immer hatte sie das Gefühl, es fehlte etwas an den Männern.

Eines Tages beim Tanzen verliebte sie sich in einen Mann, der perfekt war, nicht zu dünn, nicht zu dick, nicht zu klug, nicht zu dumm, nicht geschwätzig und nicht wortkarg.

Sie hatte das Gefühl, jetzt bei dem perfekten Menschen gelandet zu sein und gab sich ihm voll hin, floss mit ihrer Liebe in ihn hinein, verschmolz mit ihm.

Dem Manne war es erst recht, weil auch er in ihr so etwas wie die perfekte Frau entdeckte. Eines Tages kamen ihm allerdings Zweifel, als er sich fragte, wieso hatten alle Männer vor ihm einen Makel, wieso hatte sich diese Frau nicht für einen entscheiden können, auch wenn er einen kleinen Fehler aufwies?

Er fragte sie und sie antwortetet: Ich musste lange warten, bis ich den Richtigen fand, aber jetzt kann ich alle meine Liebe über dich ergießen und erwarte von dir auch unbedingte Liebe; Nur wenn wir uns exklusiv lieben, und mit niemanden unsere Liebe teilen müssen, ist unsere Liebe perfekt.

Und der Mann fragte: Wieso soll ich dir alles ersetzen, was du gesucht hast, wenn du es noch nicht in dir selbst gefunden hast? Wieso soll ich alles das nicht an und in mir haben, was du an den Männern auszusetzen hattest?

Du suchtest bei Männern etwas, was du in dir selbst suchen solltest und auch finden kannst, und dann erst bist du reif für die Liebe. Und er verließ sie.

Epilog an einer Klostermauer im weiten Herbst

„Ich verlasse alte Denk- und Sehgewohnheiten. Will eine lange Nacht mit dir. Kenne die Angst vor Einsamkeit, Verlassenwerden, Unliebe und Selbstzerstörung und blicke ihnen ins Auge. Wurde mit mir vertraut.

Nicht um meine Probleme auf einen Schlag zu lösen, sondern, um für mich einen neuen Weg zu finden. Ich nehme meinen Zorn, meine Angst, meinen tagtäglichen Kampf an. Überwinde die Entfremdung zu mir und zu anderen Menschen. Zeige mich mutig, obwohl ich tief in meiner Seele ein Feigling bin.

Nicht aufgeben, obwohl es nicht meiner Erwartung von Gut und Böse entspricht. Ich lasse mich ein auf etwas Neues, Unbekanntes, Angst einflößendes.

Mein Leben geschieht im Hier und Jetzt.

Auch wenn es so aussieht, als bricht meine Welt, egoistisch gezimmert, zusammen. Die Hoffnung liegt in mir! Und Wahre Liebe?

Nicht suchen! Sich finden lassen! Vertraue!

Du wirst gefunden!

Du merkst es an einem Summen im Raum, einem warmen Blick aus blauen oder dunklen Augen. Ohne Absicht, nur hingeworfen. Liebevoll, verständnisvoll, kommunikativ, und es beginnt ein wohliges Erschüttern deines Herzens.

Auch wenn du glaubst, deine Lebenszeit ist dir zu schade, du möchtest einen Weggefährten, willst leben, hast keine Lust, länger zu warten. Auch dieses braucht seine Zeit und vollendet sich niemals so, wie du denkst.

Die Gefahr von Missverständnissen und Frustrationen zwischen Mann und Frau bleibt für immer bestehen.

Auch habe ich dieses Rätsel nicht lösen können, sondern nur mich selbst ins Reine gebracht, eine Bienenzüchterin in meinem Klostergarten gesehen.

Wendest du dich jetzt ab, oder möchtest du warten? Was willst du? Frage dein Herz und entscheide.

Du brauchst Nähe und Geborgenheit das Leben zu leben, durch Überwindung der Grenzen in der Liebe, Grenzerfahrungen sind nur durch Liebe ermöglicht."

Mein suchender Blick aus meinem Klosterfenster saugte sich an einer geheimnisvollen Frau fest, die an der Klostermauer bei ihren Bienenkörben stehend, sonnenversunken dem Summen der Bienen lauschte.

Die Einsamkeit als Sprung zu sich selbst suchend, zeigte sie mir die Kunst der Bienenzucht, des Honigschleuderns, der Wabenreinigung.

Und der Geschmack von frischem Honig auf meiner Zunge löste sich auf in einem Taumel von Glücksgefühlen.